Carl von Paucker

Anhang zu 'Beiträge zur lateinischen Lexicographie und Wortbildungsgeschichte'

Antigonos

Carl von Paucker

Anhang zu 'Beiträge zur lateinischen Lexicographie und Wortbildungsgeschichte'

Unveränderter Nachdruck der Originalausgabe von 1875.

1. Auflage 2024 | ISBN: 978-3-38698-839-1

Antigonos Verlag ist ein Imprint der Outlook Verlagsgesellschaft mbH.

Verlag: Outlook Verlag GmbH, Zeilweg 44, 60439 Frankfurt, Deutschland
Vertretungsberechtigt: E. Roepke, Zeilweg 44, 60439 Frankfurt, Deutschland
Druck: Libri Plureos GmbH, Friedensallee 273, 22763 Hamburg, Deutschland

Anhang

zu

'Beiträge zur Lateinischen Lexicographie und Wortbildungsgeschichte

I—III

nebst den Nachträgen'

von

C. v. Paucker.

Dorpat

1875.

DEM VERDIENTEN LEXICOGRAPHEN

HERRN

PROFESSOR DR. K. E. GEORGES

IN GOTHA

GEWIDMET.

Cic. Brut. 51, 191.

Epimetra annotationis.

I.

Verborum denominatiuorum

a substantiuis

declinatorum in -are breuiarium.

Cf. Nachtr. n. 3 p. 18 et add. p. 51: denom. in *-ire*, et 4** append.: denom.
in *-are* ab *adiectiuis* et aduerbiis, quorum subrelicta quaedam intermixta sunt h i s.
Quae *rece.* (h. e. auctoritatis posthadrianae) sunt, cursiuis q. d. literarum formis
distinximus. Ceterum de quibusdam uerbis, rectene sint aut admissa aut prae-
termissa, et alii ambigent, et ipse dubito.

Abortare (cf. 397, 1011, 24*, et ad 15); *absidatus;* absinthiatus;
accipitrare Laeu.; *acediari;* aceratus, ob- -re; *acerrare;* aceruare pA,
co-, *ex-, super-; acetare;* 10 -acinatus, de-; *acisclare, ex-* (cf. 86,
116, 137, 177, 225, 297, 332, 374, 411, 433, 593, 596, 636, 801,
807, 810, 911, 948 b, 958 sq., 975*, 985 et 7, 993 sq., 1018 b, 1045,
1075, 1104, 1129 sq., 1136, 1148..); aculeatus; acuminatus, *acumi-
nare, ex-* (cf. 26, 135, 77, 8, 99, 237, 83, 95, 328, 61, 96, 432, 55,
87, 603, 20, 726, 57, 878, 1010*, 52, 4, 80); adipatus; *-adituare, ex-*
(cf. 24, 38, 131ᵃ, 420, 500, 19, 41, 776, 1027, et ad nr. 84); admi-
niculare et -ri (cf. 235*, 291, 369, 400, 77, 579, 760, 807, 25 sq.,
8, 40, 97, 927, 85, 1049, 66, 75, 1101, 4, 22, 9, 36, 48); 16* adole-
scentiari, *-ntulare;* aedit-uari, *-re* uel -umari; aemulari, *ob-, -re;*
aeratus, ob-, sub- Pers., *aerare, ad-, in-, ob-, sub-* (cf. 13, 49,
75, 96, 173, 224, 316, 21, 94, 412, 26, 97, 99, 525, 9, 33, 68, 74,
82, 638, 62, 783, 824, 35, 49, 51, 62, 1018, 22, 1103, 8, 82, 1207,
— 167 sq., 298, 427, 76, 88, 502, 3..; 20 *aeruginare* (cf. 99, 395,
944, 570, 151, 454, 524, 894); acruscare; *aesculari* (ad 19, 21, 2 cf.
aes-tim-are, compositum, ut censet Corssen Vocalism. etc. II, p. 424); aesti-
uare; aestuare, *ab-,* ad-, ex-, in-, inter- Pl. ep. (cf. 42); aggerare,
ad-, circum- Col., Pl., co- Col., ex-, *in-; agminari; agrare,* per-;
agricolari (cf. 527); *alapari, -re* gl., *ex-;* 30 alatus; -alburnatus,
ex- Pl(in); alliatus; alueatus Cat. r. r., -eolatus Vitr.; aluminatus

et ex- Pl.; *alumnari, -re*; amentare; *amictuare* Th(om. thes.),
circum-; *amiculatus*; [40] ampullari; *-amurcare, ex-*; *amuss-it-atus*
(cf. 221, 374, 508, 64, 727, — 119, 126, 296[b], 314, 38, 626,
826, 900); *amylare* (¿ amyl-ic-are Th. Prisc. IV f. 316[a] ex.
Ald.); *anathemare* (cf. A n. 58, et praeterea nr. 63, 71,
6, 125, 83, 230, 54, 325, 48, 9, 53, 4, 60, 492, 8, 656, 84, 777,
836, 8, 9, 58, 64, 92, 938, 84, 1092, 7, 1114, 42, 1214, — 2, 3,
52, 7..); ancillari, *ex-*, et *-re; ancoratus, -re, ex-;* anculare s.
-clare, *co-*, ex-, et -ri; *angariare;* angulatus, *angulare, ex-,*
[50] *angustiare, co-*; animare, ex-, *in-, red-*; *anisatus; annare*
(cf. 23, 90, 509 sq., 675, 724, 1176, 9); *annonare;* ansatus; anu-
latus; *aphratum;* apiatus Pl.; apicatus Ou.; [60] *apinari; apo-*
chare; aporiari, ex-; apostatare; apothecare; aquari depon.
(cf. 262, 448, 592, 774, 854, 1067), aquatus, -re, ad-, *in-; ara-*
neans; ar(a)trare Pl. (cf. 745); arbitrari, -re; arbustare Pl.;
[70] architect-ari, *-onari;* arcuatus, [b] -re, -ri pA; arculatus Fest.
epit.; arenatus, -re, ex- Pl.; argentatus, de- Lucil., *argentare,*
de-, in-; argestare (cf. 101); argumentari, *de-, prae-, super-*
(cf. 37, 231, 393, 448, 553, 635, 808, 1008, recc. 93, 138, 278, 318, 31,
45, 63, 404, 30, 52, 612, 843, 1067. 79, 86); arietare, de-, ex-,
ob-; *aristatus;* [80] armare, *ad-, co-,* de-, ex-, *in-,* ob-, *per-, red-;*
armillatus; *-arrhare, ob-, sub-;* articulare Lucr., pstt., *co-, ex-;*
-artuare, de-, *ex-* (cf. 72, 1025, 1127, 1212), [b] *-tus; -ascellare, sub-;*
asciare Vitr., de- Plt., ex-; *asserare, in-* (cf. 103, 1119, 1093);
auctionari (cf. 258, — 873, 96, 920, 1007, 1133); auctorare, ex-,
et *-ri;* [90] auctumnare Pl.; *auen-are* et *-(i)c-are; augmentare,*
co-; augurare, ex-, in-, et -ri, et *-iari;* auratus, sub-, *aurare, de-,*
in-, *ob-, super-;* aurigari Varr. sat. Men., -re pA; *aurorare* gl.;
auruginare; [100] auspicare, ex-, red-, et -ri, *co-; austrare* (i. hu-
mectare Th.); auxiliare, et -ri, *co;* -axare (-ss-), co-; bacatus;
bacchari, de-, per-; baiulare, *con-, re-, sub-* (cf. 18, 47, 376, 1039,
denom. ab adi. 70); balanatus; -ballistare, ex- (cf. 37, 170);
balneari; [110] *balteare (-tus* M. Cap.); barbatus; basiare, per-
Petr. (cf. 768); bellare, de-, re-, et -ri (cf. 340, 199, 890, 902;
607, 943, 1007, 1150); beluatus; *beneficiatus; bidentare* gl.
i. foderc; bigatus (cf. 919); *bituminare; bomb-it-are* (cf. 698 sq.,
1020, 89); [120] bouare Enn. (cf. denom. ab adi. 50); bracatus;
brachiatus pA; *-brachiolare, de-;* bracteatus pA, *-re, in-; -bro-*
mare, ex-; bubulc-it-are et -ri; *buccellatus, de-;* bucinare,
de-, di- (cf. 1144); *bulimare;* [130] bullare, [b] al. -tus; *bustuare*
et [b] *-tare* (cf. 1149); *buxans* (cf. 78, 429, 800); *caball-ic-are*
(cf. 92, 175, 226, 445, 695, 773, 950, 1077, 1102, et ad 220); cachin-
nare, *de-,* cacuminare, de- Col.; *caduceatus;* caclare; *caemen-*

tatus; caerimoniari; 140 caesariatus; *calabricare;* calamistratus;
-calauticare, de- Lucil.; calcare (-culcare), circum- Col., con-, de-
pA, ex-, in-, inter-, ob-, *per-, prae-,* pro-, re- Col. all., super-;
-calcare (-calicare), de- Fest. ep., gl., calceare, *dis-,* ex-; calc-it-
(e)r-are, re- (cf. 1174, — 682, 823); calculare; *calicare* gl. (cf.
decalicator gl. χαταπότης ; 150 caligare (a caligo, an: calim et -ig-are‚?),
caliginare; caligatus (-ga) Suet., pstt. ; -callatus, ob- Sen., *-re, in-;*
caloratus (cf. D p. 58, et nr. 950*, 1034, 71, 78, 1120); calum-
niari, *-re, re-;* camerare Pl., con-; caminare Pl.; *campestrari;*
canaliculatus Pl.; 160 cancellare Pl.; *cancerare; caniculatus* (cf.
243, 183, 345, 384, 795, 658, 1074, et ad 463); cantheriatus
Col.; *-capedinare, dis-, inter-* (cf. 543, 328); capillatus et -ri Pl.,
-re, ex-; capistrare, *in-* (cf. 441, 263, 551, 3, 72, 184, 613, 400,
426, 380); capitatus, *-re, de-, in-, prae-;* capitulatus pA, *-re,
re-;* capulare (-la) Pl.; 170 capulare (-lus) pA (cf. 39, 169, 217,
232, 63, 929, 1062, 1125, 9, et ad 16 et 405); carbunculare Pl. (cf.
161, 174, 792, 916, 86, 1178); *carcerare, in-;* cardinatus, inter-: Vitr.;
cardinare, in-; carians; car-ic-are, dis-; carinare et -tus Pl.;
carminare; *carminare, de-; carnare, con-, de-, ex-, in-;* 180 *ca-
seatus, in-; castorinatus; cataplasmare; catarrhatus* (fluor),
catenare, *con-, in-; -cateruatus, con-* (cf. 26, 222, 255, 490,
654, 1153, — 8, 300, 483); catillare (cf. 149, 638ᵇ, 1046, —
660); *caudicatus,*ᵇ -re, ex-; caueatus Pl.; cauernare; 190 *caulicu-
latus;* cauponari Enn., recc. (cf. 874, 235); causari, ᵇ -cusare, ad-,
co-ad-, ex-, in-, re-, sub-ad-; *causidicari; cauteriare; centratus,*
centuriare, con-, *prae-* (cf. 303, 312, 799, 1069ᵇ, 449, 1197);
cerare, in- Cels.; *-cerebrare, ex-, certaminare;* 200 *ceruicatus,
de-,* cerussatus; *cespitare;* cetratus; characatus Col.; *chlamy-
datus; chrismare; chymatus* (A p. 10); cibare, *in-;* cicatricari;
210 *ciliatus; -ciliciatus, con-; cimicare* gl. χορίζειν (cf. 817, 904,
— 1056); cincinnatus; *-cinerare, in-, et -tus, con-, de-;* circare,
circum-; circinare Ou. et pA, de- Manil.; circulari, *-re;* cirratus;
citratus; 220 *ciu-ic-are* (cf. 368, 642, 853, 937, 1123, — 429, 520,
800), *ciu-it-are; classare, con-;* clathrare; clauatus, *-re* (clauus);
-clauatus et *-re,* con- (clauis); *clau-ic-atus* (ut 224); *clientare;*
cloacare; clupeare Pacuu. et -tus (cli-); 230 *clysteriare;* coag·
mentare (cf. 232, 396, 485); coagulare Pl.; coccinatus pA; *cochle-
atus* (ad signif. cf. 157, 252, 98ᵃ, 428, 35, 62ᵇ, 72, 585, 602, 21,
2, 97, 770, 85, 91, 812, 910, 18, 89, 91..); *cocionari;* 235* *coe-
naculatus;* coenare, con-; cognominare pA (cf. 878, — 726);
colare, de-, *ex-,* per-, re- Scrib. (cf. 281 sq., 962); coleatus (cf.
670, 703, 1164); 240 -collare, de-, *sub-; collegiatus;* colorare,
con-, de-, dis-, prae-, sub- (-tus); colostratus Pl.; columbari

Maec.; columnatus; comans, -atus, -re; comitare et -ri, con-
(-tus Plt.).; comitiare, in- Plt.; *commerciari*; [250] *compendiare*;
compluuiatus (cf. 329, 526); conchatus Pl.; *conchiclatus*; con-
chyliatus; conciliare, de- Plt., in-, inter- Qt., re-; *coniecturare*
(cf. 398, 517, 608, 68, 81, 1001?, 1128, 39, uctt. 406, 842, 990?);
consiliari; contionari; *contumeliari*; [260] conuiciari; conuiuare,
-ri; copiari pr.; copulare, con-, dis-; coquinare Plt.; *core-in-
ari* (cf. 310, 591, 803, 999); cordatus, et [b] -ri, re-, -*coriare, de-,
ex-*; cornicari Pers.; *corniculans*, -*atus* (cf. 246, 573, 667);
[270] coronare; corporare, ad- Pl., *ex-, in-, re-, re-in-, trans-*; corti-
catus Col., -re, de- Pl., *ex-*; *corymbiatus*; costatus; cothur-
natus Ou. et pA; -coxare, in- Pomp. com.; *crapulatus*; *cremen-
tare, in-* (cf. 93, 635, 318, 309, 517, 440); crepidatus; [280] cre-
tatus, -re, in- Petr.; *cribellare*; cribrare pA, *con-*, per-; criminari,
con-, et -re, *in-*; cristatus; crocatus, -*re*; *crocinare*; cruc-i-are,
con- Lucr., *de-*, dis-, ex-, per- Plaut., *re-* (cf. 16*, 428?, 439a,
531, 857, 1035); *cruminare*; crustare Pl., pstt., *con-, de-,* in-;
[290] *crustulatus*; cubiculatus Sen.; *cucullatus*; *cucurbitare* (cf.
839, 194, 337, 898, 348, 182, 141, 430, 230, 346, — absque uno esset,
recc. omnia); -*culatus, de-*; *culminare* Mart. Cap. IX, 914; culpare,
de-, ex-, in-, [b] -it-are Plt. (cf. 283, 192b, 375, 581, 875, 484); cul-
tellare Pl. (-tus), pstt., *ex-*; cultratus Pl., -*re, sub-*; *cuminatus*;
[300] cumulare, ad-, circum-, *con-*; cuneare pA, dis- Pl., *ex-*, sub-; curare,
ad-, con- Plt., ex- (-us Plt.), per-, *prae-*, pro-, re-, *super-*; curia-
tus, -re, ex-; cuspidare Pl.; *custodiare*; cycladatus pA; cylindratus
Pl.; *dalmaticatus*; damnare, con-, *de-, per-*, prae-, *re-*; [310] dap-
in-are Plt.; decorare, con-, de- (in-decorare Acc., Hor.); decu-
riare; defrutare; *de-it-are*; *deliciari*; dentatus, *dentare,* e-, *in-*;
denticulatus; *detrimentari*; diadematus Pl.; [320] *difficultare* gl. (!);
digitatus Pl., -*re* gl. (in-digitare?), *dilemmatus*; diluculat (cf. 98);
diluniare Lucr.; *diphthongare*; *disciplinatus* (cf. 330, 606, 90);
discipulari; discriminare; displuniatus Vitr.; [330] *doctrinatus*;
documentare; *dolabrare*; dominari, *con-*, e- (pass.), *per-*; do-
nare, con-, *dis-*, re- Hor.; -dorsuare (-*sare*), ex- (cf. 131 et A
n. 26); dotare; *dropacare*; dub-it-are, ad-, in- Verg., sub-;
ducare; [340] *duellare*; *dulcorare,* e-, *in-*; eburatus; echinatus
Pl.; *effigiare* (cf. 524, 406, 34); -*elementatus, co-*; *elleborare*;
elogiare; emplastrare Col. (*impl-*); *encaeniare*; [350] *endromi-
datus*; -enterare, ex- (*interatus* gl.); ephippiatus; *epilogare*
Thom. p. 201; *episcopare*; *epitomare*; epulari (-re pr.); equi-
tare, ab-, ad-, circum-, *in-*, inter-, ob- pA, per-, praeter-, *super-*;
eremitare; *escare, ad-*, in- pA; [360] eunuchare Varr. ap. Non. p. 73b;
examinare; *exemplare*; *experimentare*; exsequiari; *exsiliatus*;

exsulare; fabatus; fabr-ic-are, *ad-*, per- Plt., *re-*, uel -ri,
con-; fabulari, con-, ³⁷⁰ *fabellari*; *facetiari*; faecatus, *con-*,
-re, de-, *ef-*, *in-*; falcatus, *falc-it-are* gl. Is.; famatus, -re, *de-*,
dis-; famulari, *con-*, et -re; fanare, *de-*, pro-, et -ri Maec.;
farratus; ³⁸⁰ -farreare, con-, *farrealus*; fasciatus pA et *-re*
Capit., *prae-*; fascinare, ef- Pl.; fastigare (-iare) pA; *fatatus*;
fauatus; *fauillare*; *fauorare*; febr-ic-it-are pA; *feminare*, ef-;
³⁹⁰ fenerare, *de-*, et -ri; fenestrare; feriari (cf. 349, 64); fer-
mentare, *con-*, *in-*, *prae-*, *sub-*; ferratus, prae-, *-re*; *ferrugi-
nans*; ferruminare, con- Pl.; fetare intr. Col.; *feturatus*; fibra-
tus Priap.; ⁴⁰⁰ fibulare pA, *con-*, dif- Stat., *ex-*, in-, *ob-*, re-
Mart.; *ficatum*; *fidicinare* (cf. 1118, 46); *fiduciare, -tus*, in-, ob-;
figmentatus Th. p. 240; *figulare* (cf. 518, 327, denom. ab adi. 23,
157, 169, 363, 449, nec non sup. ad 170 et ad 16); figurare, *ad-*, con-
Col., pstt., *de-*, *ex-*, *prae-*, *re-*; *filare, ex-*; *-filiatus, ad-*; fili-
catus; ⁴¹⁰ *fiscare, con-*, *in-*; fistucare; fistulatus, -re et *-ri*;
flabellare, con-, *in-* (-tus); flagellare (cf. 465 sq., 656); *flagi-
tiare* (i. impurare Is.); flammare, *con-*, *de-*, *ef-*, in-, *prae-*, *pro-*, *re-*,
sub-; *flamm-ig-are* Gell. (cf. 457, 66, 555, 607, 710, 931, 55,
1169, — 1174); -floccare, de- Plt.; *-florare, de-, prae-*; ⁴²⁰ fluctu-
are, *con-*, per- Lucr., *re-*; *fluentare*; fluuiatus Pl.; -focare, ef-,
of-, prae- Scr., suf-; foc-il(l)-ari depon. Varr. uel -re pA, re-
(cf. 1111, 68), uel *-ul-are* Non., gl.; foederatus, *foederare, con-*;
foliatus, *-re*, *de-*, *ex-*; *foll-e-atus* (?cf. 639, 819); *foll-ic-are*;
⁴³⁰ *fomentare, prae-*; *fomitare* gl., de- Fest. ep., gl.; *forami-
natus*; *forficare*; formare, con-, de-, in-, *per-*, prae- pA, re-;
formicare Pl.; fornicatus, -re, con- Vitr., al. ᵇ *fornicari, ex-*;
fortunare (-tus); fraterculare Plt.; fratr-i-are (cf. 1035) uel (ut gl.
Plac.) fratrare: Fest. epit.; ⁴⁴⁰ fraudare, de-, *re-*; frenare, de-,
ef-, in-, re-; *-fretare, ex-, per-, trans-*; frigerare, per- pA, re-
(cf. 844), *frigorare* (cf. 154, 1103); *frondare* gl. φυλλοφυεῖν
(? cf. frondator), *de-*; *frond-ic-are*; frontatus Vitr., *-re, re-* gl.; -fru-
gare, de- (cf. 10, 31, 41, 123, 5, 98, 267, 94, 335, 51, 418, 91, 516, 619,
65, 9, 704, 16, 69, 978, 1063); frumentari; *frustare, de-*; ⁴⁵⁰ fru-
ticare, *ef-*, *super-*, et -ri; fucare, in-; *fulcimentare*; fulgurare,
de-, dis-, ef-, prae- p pA; *fuliginatus*; fulminare, dif-; fumare
ef- auct. Actn., in- Pl., *sub-*, trans- Stat.; fum-ig-are, dis-,
ef-, sub-; fundare, ex-, *per-*, sub-, *subter-*; funerare, con-, et
-ri; ⁴⁶⁰ furari, sub-; *-furcare, in-* (bi- *-tus*); furcillare, *ad-*, ᵇ
-tus; furiare, *ef-* (cf. 574, 628, ¿653); *furnatus*; *fustare* exc.
Val. de imperator. 82 (l. frustati), *con-*, de-; *fust-ig-are*; gaesa-
tus; galeare (-tus); gallans; ⁴⁷⁰ galliculans Pl. Val. (de sign. non
liquet); *gallulare*; *gammatus, re - gammans*; gausapatus pA;

gemmare, pro- Col.; generare, *ad-*, *con-*, de- (¿a degener), in-, *prae-*,
pro-, re- Pl., *super-*; geniatus (cf. 534), *-re*, *de-*; geniculatus, con-
(-genuclatus), *geniculare, ad-*, *in-*, *pro-*, et *-ri*, *ad-*, *pro-*; germinare
Pl.,*con-*,e- Col., prae- Pl., pro- Col., re- Pl. (cf. 474, 905, 6, 1058,506ʰ,
450,924); gesticulari pA; 480 glaciare Hor. et pA, con-; -gladiari,
di-, ᵇ *gladiatus*; globare Pl., circum- Pl., con- (cf. 216, 763); glo-
merare, ad-, con-, in- Stat.; gloriari, *con-*; glutinare (sup. n. 3),
ad-, con-, de- Pl., *dis-*, *in-*, re-; gradatus Pl., *re-*, -re, *de-*, prae-,
retro-; -graminatus, in-; granatus pA, *e-*, *-re*, *in-* Th. p. 294;
grandinat, de-; 490 gregare pA, ab-, ad-, con-, *dis-*, se-; -grumari,
de-, *-re, ex-*; *gryllare*; -gulare, de-; *gummatus*; *guminare,*
gurgitare, e-, in-; guttatus Mart., ᵇ-re (cf. 1059); gypsare, *prae-*;
gyratus Pl., *-re* Veg. u., eccl., *circum-*, *con-*, *de-*, *re-*; 500 *habi-*
tuari; *haedulare*; hamatus, ᵇ-re, *ad-*, *in-*; hastatus, ᵇ-re, *sub-*;
hederatus; helluari (cf. 622*, 713); -herbare, ex- Col., ᵇ *herbans*;
-heredare, ex-, *in-*; hered-it-are, ᵇ *ex-, in-*; hibernare; 510 hie-
mare, per- Col.; honorare, *co-*, *de-*, *ex-*, *prae-*, et *-ri*; *hordeari*
(*κριϑιᾶν*); hospitari] pA, *co-*, *de-*, *-re, ad-*; hostiatus Plt.;
humare, *circum-*, in- Pl., *ob-*; -humorare, *ex-*; iacturare; iacu-
lari, *ad-*, e-; ictuare (cf. 29, 855, 1171, 1211); 520 *ign-ic-ans*;
ignominiare; *illecebrare* (cf. 282, 332, 560, 77, 618, 786, 889,
971, 1101, 1104, 1177, 989, 1072; 67, 166, 623, 4, 88, 861, 948;
617); *illudiare*; imaginari pA, et *-re* Gell., Lact. all., *co-*;
imbricatus, *-re*; impluuiatus; *incolare* (cf. 537); incommodare
(cui, —al., inc.qd,a-us); indusiatus, *-re*; 530 *infantare* (cf. 227),
infant-i-ari, co- (cf. 16* et ad 287); infitiari; infulatus, *-re* (cf. 381,
1200); ingeniatus; initiare (cf. 888, 590); *iniuriare* (cf. 521, 511);
inquilinare; *insiciatus (is-)*; insidiari, *circum-*,*-re*; 540 *insulatus*;
intellectuare; interpretari, *re-*, et *-re, re-*; *interuallatus*; *inte-*
rulatus Thom. p. 286 (camisia indutus); iocari, *ad-*; ioculans Liu.,
-re gl.; iratus, ob-, per-, sub-; *itinerari* (cf. 1181); iubatus;
550 iubilare, *in-*; iugare, ab-, ad-, con-, de-, *dis-*, *sub-*, trans-;
iugulare (cf. germ. köpfen, et ad 755); iugumentare Vitr.; iurare, ab-,
ad-, con-, de-, e-, ex-per-, ob-,per-(-iurare uel peierare), *prae-*; iur-
(i)g-are, *ab-*, ob-; *iuscellatus*; iuuenari (cf. 16*, 389, 900, 1193);
-labellare, con- Laber.; laborare, ad-, *con-*, de- Afran., e-, in-,
prae-; 560 -labrare, sub-, *labratus (-um)*; lacernatus pA; lacri-
mare, ad-, con-, de- Col-. *sub-*, super- Col., et *-ri*; lactans, *lac-*
tare, ab-, ad-, de-, per-, lact-it-are Mart. (cf. 562, 1047, 973, 977,
667, 913); *laculatus*; lacunare Ou., Pl. (cf. 573, 189, 432); lamentari,
con-, de-, et *-re*; lanatus, *-re*; *lanceare* (cf. 967, 481ᵃ, 1060, —
ad 108); 570 *lanuginans*; lapidare, de- (et *-ri*), di-, e- (-tus Pl.);
laqueare, ab-, circum- Grat., *e-*, in-, ob- Col., *sub-*; al. laqueans,

-atus (cf. 565); laruatus, *-re*; *laseratus*; laserpiciatus; *latebrare*, in- Quadr.: *-laterare-, ad-, con-*; latibulari, -re; 580 latroci-nari (cf. 584, 646*, 806, 926, 1016); laudare, ad- Plt., con-, di- Cic. ep., e- Fest. ep., *re-*; laureatus, *-re*; lemniscatus; leno-ci-nari; *lenticulatus*; letare p.; libidinari pA; librare, con-, de- (-libr- uel -liber-are : Corssen Vocalism. I p. 537), per- pA (cf. 1143); *licentiare*; 590 *liciatus* Aug.; *lic-in-iare*; lignari; *ligo-natus*; *ligulatus*: limare (limus), ob-, per-; limare (lima), de- Pl., e-; *limbatus*; -liminare, e-; limitare, *con-, de-, -ri, con-* (cf. 676, 781, 1107); 600 lineare, *con-*, de-, *prae-*; *linguare (-tus)*, e-; lingulatus Vitr.; linteatus; *liquaminatus*; lirare, de- (cf. 1081); literatus, et *-re*, ob-; lit-ig-are, de-, *e-*; *liturare*; locare, *ab-*, con-, *de-, dis-*, e-, *ob-, prae-, re-, re-con-*; 610 loculatus; *loculatus* (A p. 49); *lomentare*; loratus; loricare (-tus), di-; -lucare, con-, inter- Pl., sub-; *lucernatus*; lucrari, *con-, super-*, et *-re*; lucubrare (-brum Is.), -lumbare, de-, prae- (i. e. prae- e-) Nou.; 620 *luminare*, *con-, e-, in-, per-, prae-, re-, re-in-;* lunare (-tus) p et pA; lupari Acc., -tus; 622* lurcare, -ri; lustrare, *circum-, con-, de-, ob-, per-*; lustrari (cf. 436b); lutare, *con-*, de-, et lut-it-are, con-; luxuriari, e-, et -re, lymphare (-tus); *maceriatus* (cf. 685, 96, 1160); 630 ma-chinari, *con-* Th. p. 359 (cf. 1097); *maciare*, e- Col.; maculare, con-, e-, *in-*; magisterare, *-trare* (cf. 679, — in 588); magmentatus Fest. epit.; malleatus Col.; malthare Pl.; mammatus Pl., b *-re*, mamm-e-atus, 640 *mammillatus*; mancipare, e-, re- (¿ mancipium; cf. 383, 709, 1180, ieiunare); mangon-ic-are Pl.; manicatus, *manicleatus*, manuleatus; manticulari (i. manticulas tractare, scrutari furaciter, cf. 998 sq., 941, 972); 646* manticinari Plt.; *mantuatus*; manuatus Laber. (q. furatus), *-re, sub-*, bal. *manuatus* (q. manibus praeditus) M. Cap. (cf. 762 orare i. ore facere, 144 et 7, 276, 493, 558, 748b, 86, 815b, 948b, 55, 6, — ad b: 111, 22, 3, 40, 65, 7, 98, 200, 10, 39, 46, 66a, 74, 446, 601, 38a, 9, 40, 704, 46, 48a.., 1177); *ma-nubriatus*; 650 *margaritatus*; marginare, *con-*, e- Pl.; marmorare; *Mart-i-atus* gl. (cf. Martiaticus Prisc.); *-massare, con-, in-*; *masticha-tus; mastigare*; mastrucatus; materiare; *-matricare, de-*; 660 ma-xillare gl. στομοχοπεῖν; *medicinare*; medullatus Pl., *medullare*, e-; *mellare* (? sed cf. -tio Col. Pl.); *membrare, con-, de-, di-*; -men-dare, e-, *co-e-, in-*; mendicare, *e-*, et -ri; *menstruans, -ata*; *men-surare, con-, de-, re-*; *-mentare, de-*; 670 mentulatus; *meratus*; mercari, con-, e-, *co-e-*, prae; *merendare* (cf. 236, 356); *meretri-cari*; meridiare, -ri; metari, di-, *prae-*, et -re; militare, *con-, per-*; miniare; ministrare, ad-, *prae-*; 680 mitratus: *mixturatus*; mod-er-ari, ad- Plt., *prae-*, et -re, *con-*; modulari, *ad-*, prae-; moechari (cf. adulterare, -ri intr., 674, 995); *moeniare* gl.; -molare,

in-; *molendare* (cf. 673); monstrare, con-, de-, *per-, per-de-,* prae-,
prae-de-, praeter-; morari, con-, de-, e-, in- pA, *per-,* re-;
690 moratus (mos, —mōrari Suet. non uenit in censum); mucrouatus Pl.;
mulierare Varr. sat. (i.e. facere quem mulierem, effeminare qm, cf. 1191,
307, 14, 25, 60, 408, 507, 8ᵇ, 540, 641, 71, 772, 812, 97, 1062, 66,
1183); multare; munerari, de-, re-, et -re, *de-, re-* (et. Petr.);
mun-ic-are pr., com-, *dis-com-, ex-com-*; *murare*; muricatus Pl.,
al. Fulg.; murmurare, ad-, con-, de- Ou., in-, ob-, re-, *sub-,* et
-ri, *ad-*, con-, murmurillare Plt.; 700 *murratus*; murtatus; -mu-
scare, e- Col., *muscari*; mutoniatus; -nasare, de- Plt.; *nasiter-
natus*; *-naturatus, con-*; nauculari Mart., *nauiculari*; naufra-
gare (¿ a -gium) Petr., pstt.; 710 nau-ig-are, ad- Pl., e-, in- Mela,
per- Pl., prae- pA, praeter- pA, *sub-, super-, trans-*; nauseare;
nebulare (nebula); *nebulari* (nebulo) gl.; negotiari (cf. 249, 752,
9); nepotari pA; -neruare, e-, *sub-*; *nidorare*; nidulari Pl., Gell.;
nigellatus; 720 *-nihilare, ad-*; nimbatus Plt.; nitratus pA; niuatus pA,
-noctare, ab- Sen., per-; nodare, ab- Col., *ad-, con-, e-, in-,* re-;
nominare, *ad-, con-,* de-, *prae-, pro-, super-, trans-,* et nomin-it-
are Lucr.; normare Col. (-tus), Diom., de- (cf. 42, 828, et ad 896);
nŏtare, ad-, de-, e-, *in-, per-, prae-,* sub-; 730 *nouercari*; nubi-
lare, ad- Stat., *e-, in-, ob-, per-,* et -ri (cf. 150, 1, 1102); *nu-
cleare (-ns* pass.), e-; nugari, *ad-* Th. p. 379 (cf. 60, 371, 545, 881,
1137); *numellatus*; numerare, ab-, ad-, *con-,* e-, per-, *pro-,*
re-, *super-,* trans-; nummatus; nundinari, et -re-, *de-,* e-; nun-
tiare, *ab- re-,* ad- pA, *con-,* de-, e-, inter-, *inter- ad-,* ob-, *ob- re-,*
prae-, pro-, re-; *nuptians*; 740 nutricare, -ri (cf. 744, 77, 634,
79); *obelare*; *obryzatus*; obsidiari Col. (cf. 880, 1073, 539);
obstetricare, et -ri intpr. Iren. IV, 33, 3; occare, de-, in- Col.;
ocellatus Suet.; ocreatus; oculatus, -re, ex- Plt., in-, ᵇ*oculare*;
-odiatus, in-, per-; 750 odorare (-us?), in- Col., et ᵇ-ri; *oenoga-
ratus*; *officiari*; *oleatus*; olerare Mat. ap. Prisc., -ri Cled.;
oliuare Pl. (q. oliuas demere, colligere, cf. 54, 663, 431, ¿ 444, 788, 813,
845, 922, 927, 935, 1013, 1077, 1087, 552, cf. etiam ad 212 et
1044); *omentatus*; ominari, ab-, *ob-*; onerare, *ad-, co-,* de-, ex-,
re-, *sub-*; operari, *ad-, co-, ex-, in-,* et -re Nachtr. p. 23, *in-,*
(-*tus* pass.), *ex-*; 760 operculare Col.; *-oppidatus, in-*; orare, ad-,
co-, de- Fest., ex-, per-, *prae-, super-* (De-Vit); orbiculatus;
-orbitare, de-, ex-; ordinare, *ad-,* co-, inter-, *prae-, super-*; oscil-
lare, -ri; osculari, *ad-,* de-, ex-, ob- Petr., per- Mart., et -re;
-ossare, ex-; 770 ostreatus Plt.; otiari; ouatus Pl.; *ou-ic-are*;
pabulari; pacare, *con-,* per- Liu.; *pactuari*; paedagogare pr.;
paenulatus; *paginare, con-* (compagina), *re-, re- con-*; 780 *palar-
strans*; *-pālare, de-*; paleatus pA; palliatus, ex-, et -re (A',

ad- Th. p. 59, *ob-, sub-* Th. p. 444; palliolatus pA; palmatus, -re Col.,
Qt. decl., *ex-; palpebrare;* paludatus; pampinare, ᵇ -tus Pl.; *-pan-*
nare, -de Th. p. 460; pannuceatus; ⁷⁹⁰* papaueratus Pl.; *papilla-*
tus, ex- Plt.; *papulare; paragaudatus;* parasitari, sub-; *parcatus*
gl.; parentare; parmatus;. *parricidans; particulatus;* ⁸⁰⁰ pastilli-
cans Pl.; pastinare pA, re-; patagiatus; *pataginare* Pelag.; pati-
bulatus Plt.; *-patriare, re-;* patrocinari; *pauiculare* gl.; pauimen-
tare; pausā Plt., *pausare, ex- (-tus), re-;* ⁸¹⁰ pectinare pA, ᵇ -tus
Fest.; -pectorare, *ad-, de-,* ex- pr.; *pecuatus; peculari,* de- (etiam
peculatus, us et -tor uett.); peculiare, ex- Plt.; pedare (pes) pA, in-, al.
ᵇ re- (et quadru-); *-pedicare, in-; pediculare* gl.; peditare (cf. 247,
357, 677, 1166); *pelleatus;* ⁸²⁰ *pellicare;* pelliculare Col.; pelta-
tus; penetrare, *per-;* pennatus, *-ri;* periculari pr., et pericl-it-ari;
⁸²⁶* -pernatus, sub-; peronatus Pers.; *perpendiculatus;* persollata
Pl.; ⁸³⁰ personatus; -pessulare, ob-; petasatus; pexatus Mart.;
phaecasiatus pA; phaleratus, *-re; phantasmari* (cf. 524, 1033);
pharetratus; philosophari; *phlebotomare* (-mus); ⁸³⁹* *phoenicatus*
uel *-ciatus;* piaculare; picare, in-, ob-; picturatus; *pigmentatus;*
pignerare, ob-, *prae-, re-,* et *-ri;* p͞ilare (pilus), con- (Hor. ͞-i-:
cf. 848), de-, ex-, *in-,* sub-; -p͞ilatus (p͞ila), prae-; p͞ilatus (p͞ilum)
Verg.; p͞ilare (p͞ila), con- (?), ob-; pileatus, *-re;* ⁸⁵⁰ *pincernans;*
pinnatus, de- Varr., *-re;* piperatus pA; *piraticari;* piscari, ex-;
p͞lagare; -pl͞agare, in- (cf. 170, 816) et *plag-i-are; -planare, in-*
(πλάνος); plantare Pl., pstt. (cf. 893 sq.), *circum-, con-,* de-
pA, ex- Col., *re-, trans-,* al. sub-; ⁸⁶⁰ *plasmare, con-, re-; plau-*
strari; plumatus, ᵇ *-re* Gell., App., all., *de-, in-;* plumbare,
ad- (-tus) pA, circum- Cat. r. r., in- Vitr., re- Sen.; *-podiare, ad-*
(appuyer) et *sub-* Th. p. 425; *podismare;* poetari, *-re; polen-*
tatus; pompare, de-, ex-; ponderare, *con-,* de- Petr., prae-, *re-;*
⁸⁷⁰ *pontificans; popinari;* -porcare, in- Col.; *potionare; prae-*
conare, -ri; praeconiare, -ri; praedari *(-re),* de-; praemiari Suet.,
-re; praenominare Varr.; *praeputiatus, in-;* ⁸⁸⁰ *praesidiari;*
praestigiare, -ri; praesulari; praetextatus; precari, ad-, con-,
de-, *con-de-, in-; pretiare, ad-, de-;* primitiari (cf. 334, 6, 694);
principari; principiare; -probrare, ex-, ob- (cf. C p. 14); ⁸⁸⁹* pro-
care, *-ri?;* proeliari, de-, et *-re; pronubans;* prooemiari Pl. ep.;
¿propagare, *propaginare* (cf. 150 et 1); *prophetare; propor-*
tionare (cf. 668, 82, 3, 865, 9, 929); *prostibulatus; psilothrare;*
pudoratus, ex- Petr., *(in-);* ⁹⁰⁰ puell-it-ari Lab.; *pugilari;* pu-
gnare, ad- Tac., *con-,* de-, ex-, in-, ob-, pro-, re-; *puleiatus;*
pulicare; pullare Col., et pullulare Verg. et pA, re- Pl.; *-pul-*
pare, de-, ex-; pulpitare; puluerare, *de-,* dis- pr.; ⁹¹⁰ pului-
natus Vitr., Pl.; pumicare, *ex-; -punctatus, ad-* (cf. 1019); *purare,*

sub-; purpuratus, *circum*, *in-*, et (magis recc.) -re; purpurissatus; *pustulare; pusulatus;* pyxidatus Pl.; quadrigatus; 920 *quaestionare*; *querelare*, *-ri;* racemari, *-re,* b -tus Pl.; radiare, in- Stat., *ob-*, prae-, *sub-*, et -ri; radicari pA, et *-re*, e-; *rapulatus;* ratio-ci-nari, *-re; redimiculat* „gl. Philox. ἀναλύει δέσματα“; regnare, *con-*, *prae-* (ₗ reg-in-are, uel regin-are; cf. 333); *regulare*, *-ri*; 930 remediare Scrib. ⁴), *-ri* (cf. 661, et ad 293); rem-ig-are, *ad-*, e- pA, sub-; *remulcare* et *-ulc-ul-are* (cf. 425, 1189); repudiare (cf.1138); resinatus pA; retare; *retiatus*, reticulatus; rhetor-ic-are,-*ri*; *rhonchare; riciniatus;* 940 rigorare Pl.; rimari, -re; *riuare*, con- pA, de-, e-, *inter-*; rixari, *con-*, -re Varr. sat.; *robiginans*; roborare, con-, *in-*, *prae-*; rorare, *ad-*, *circum-*, in-, *prae-*; *rosatus* et *rosulatus*; rostratus, b -re Pl. (-ns), gl.; rotare, *ad-*, *circum-*, *in-*, sub- (-tus); rubicare; 950* *ruboratus*; rubricatus; ruderare pA, e- (-tus Varr., *-re*); rugare, con-, e- Pl., in- Stat.; rumare Fest. ep., in-, sub-; *rum-ig-are*; ruminare et -ri; runatus Enn.; runcare, e- Col.; runcinare, de-, *e-*; 960 rurare, -ri; 960* rutatus pA; saburratus Plt., -re Pl.; saccare; *saccellare*; *sacrilegare*; sagatus; saginare; sagittare Curt. et pstt.; *sagmare; sagulatus;* 970 *-salare, ex- (-tus), in-*; *salebratus; salinare;* saliuare pA; salutare, *ad-*, con-, *de-*, ob- pr., per-, re-; *sambucatus*; 975* *samiare*; sandaracatus Pl.; *sanguinare;* -tus, ex- Vitr.; -saniare, ex- (n. 3); *sannare, de-, sub-*, et *-ri*; 980 *saponatus; saporare (-tus)*, *n-*; *sapphiratus*; sarcinatus, -re gl., *con-*, *sub-*; *sarcophagare*; *sarculare;* 985* sardonychatus Mart.; *scabiare*; *scalpellare*; scalpratus Col.; 990 scalpturatus Pl. (?); *scamnatus*; scelerare (-tus), con-, per- (-tus); -scobinare, de-, *di-*; *scopare* (scopae); scortari; *scotomare*; *-scrobare, de-;* scrutari, *in-*, per-, -re pr., *ex-;* *scrut-in-are;* 1000 sculponeatus Varr. sat.; s*culpturatus* (depon.?); scurrari; scutatus; scutulatus pA; sebare Col.; securiclatus; *seditionari;* segmentatus Juu.; *-sellari (-re), ad-;* sementare Pl.; 1010* seminare, *con-*, dis-, in- Vitr., *inter-*, *prae-*, pro-, re-, *super-*;

---

4) Scribonii **Largi** alias uoces inter uett. (ante Domitiani quidem tempora) peculiares, quantum scitur, cum postt. easdem noscantur usurpasse, has fere collegimus: collutio, commanducatio, constrictio, *contusio 208 al. (C. Aur. t. I, 4, 61), desudatio, exasperatio, intensio (cf. 12), ligatio, praefocatio, 10 spiratio, sternutatio (et. C. Aur. t. II, 1, 38, 7, 94 al.), *tensio (et. C. Aur. sign. diact. pass. 92 et saep.), albor, pator, callositas „36“ (et C. Aur. t. II, 14, 212 ulceris), auriscalpium 56 al., Mart. in lemm., trepondo, culinarius s. (adi. Fronto), pedicularius 8 al. (-ia herba, -is 227, Col.), 20 psittacinus, applumbatus, antedictus 65 (partes) al., eiaculare, excastrare, obsopire, praecalefacere, praemacerare. recalfieri, recolare, 30 superungere. Cf. Nachtr. n. 14 et sup. n. 3, praeterea etiam D p. 313 sq., ubi add.: peculiariter Scrib. ep. dedic. p. 5 Rhod., Pl., Qt., pstt.

sensatus (in-); *sententiare;* sentinare; -serare, *de-, dis-,* ob-, re-
(cf. 225, 831); sericatus Suet. (*holo-*); sermo-ci-nari, *-sse,* sermo-
nari, con-; serratus, b *-re; serlatus;* 1020 sibilare, ex-, in-,
ob-, re-; siderari Pl.; sigillatus, *-re;* signare, ad-, circum- pA,
con-, *co-ad-,* de-, *dis-,* ex-, in-, ob-, per-, prae-, *prae-de-,* re-,
re-con-, sub- (cf. 729); siliquari Pl.; 1024* singultare;_ sinuare,
ex-, in-; sistratus Mart.; *situatus;* soccatus Sen.; -solare, in-
Col. (cf. 422); 1030 -*sŏlare, ad-* (cf. pessumdare); *solatiari;* sole-
atus; somniare, con-, ex- (somniari Petr., App. Met. „III, 22, VIII,
2“, cf. Caper „orthogr. p. 2240“); soporare pA; soror-i-are; spatiari,
circum-, con- Petr., ex-; *specellatus; speciatus (in-);* speculari,
per-, *prae-,* pro- (a speculum: cf. 524); 1040 sperare, de-, *prae-,*
super-; sphingatus; spicare (-tus) pA; spleniatus Mart.; spoliare,
de-, ex- (-ri; — sp. est propr.: spolia detrahere, cf. 876 et ad 755); *spongi-*
are; sportulans Cypr. ep. 1, 1; spumare, *circum-,* de- pA, ex-,
in-; -squamare, de-, *squamatus;* stabulare, -ri; 1050 stadiatus
Vitr.; stagnare, *circum-, con-, in-,* re-, super-; staminatus Petr.
(cf. 590); *stannare (-gn-);* statuminare (cf. 452, 16, 163, 458, 815a,
884, 1155), *super-;* stellatus, *con-;* stercorare; *stigmare;* stilare
Col.; stillare, de-, in-, re-, *sub-in-, super-,* super-de-; 1060 stimu-
lare, *de-,* ex-, in-, per- Tac.; stipendiari Pl., Tert.; stipulari,
ad-, in-, re- (*stipulare,* -tus pass.); -stirpare, *ab-,* ex- (cf. 187b);
stolatus; stomachari, *de-, sub-; stragulare; stramentari;* striare
pA (striatus Plt.); strigare pA, b strigatus; 1070 -strigillare, ob-;
stuporatus; stuprare, con-, *ob-;* subsidiari; *-substantiatus, con-,*
in-; -subulare, de-, *in-;* -succare, *ex-,* in- Col.; *succ-ic-are;*
sudorare Th. p. 562; *suffimentare;* 1080 sufflaminare; sulcare,
de-, di-, in-, per-, prae-, re- (cf. 1069); sulfuratus; *suminatus;*
sumptuatus, -re, ex- gl. (i. pauperare); *suppetiari* (cf. 102, 1031);
supplementare; surculare Col., b al. Apic.; *susinatus;* susur-
rare, in-; 1090 *sutelare* (cf. 1155): sycophantari; *syncopare;*
tabulatus, *-re,* con-tabulare; *taediare,* et *-ri, ex-; taleare, inter-;*
tāminare, *ad-,* con-, *in-;* 1096* *tauroboliari;* -technari, con- Plt.;
tegulatus, in-; -templari, con- (et -re); 1100 *-temporare-,* con-
Tert., al. *de-* Pelag.; *tenebrare, con-, in-, ob-; tenebr-ic-are,*
con-, in-, et *-ri;* teporatus Pl., *-re;* terebrare, con-, *ex-, per-;*
-tergare, pos(t)-; tergorare Pl.; terminare, *ab-* (*-tus*)*, ad-,* cir-
cum-, con-, de-, dis-, ex-, *prae- de-, pro-;* tessellatus, *-re;* tes-
seratus, -re, con-; 1110 testari, ad-, con-, *co-ad-,* de-, ob-, *pro-,*
(*testare,* -tus pass.); test-il-ari, testiculari, b *testiculatus* (cf. in-
testatus Plt.); *testimoniatus;* testudinatus (-eatus Col.); *thecatus*
Sid., *enthecatus* Fulg. Myth.; thoracatus Pl.; *thymatus; tiara-*
tus; tibicinare, -ri; -tignare, con-; 1120 *timoratus, in-; tineare;*

tintinnabulatus; *tiron-ic-are*; *titionare*; *titulare, ad-, in-,
prae-, pro-*; togatus, *con-*; *tonitruare; tonsurare; torculare*;
1130 tornare, de- Pl., *ex-, inter- (-tus), re-*; torporare Turp.,
Lact.; torquatus; *tortionare*; *toxicatus*; trabeatus; tribu-
lare, *ad-, con-*; tricari Cic. ep., ex- Plt., *-re*, ex-, in-, *re-*;
tripudiare; *triturare, re-*; 1140 triumphare; *tropaeatus; -tropare,
ad-*; trutinari Pers., *-re*; *tubare*; *tuberatus,* b -re, ex-, *pro-*:
tubicinare; tubulatus Pl.; tudiculare; tumulare, ad-, circum-,
con-; 1150 tumultuari, -re; tunicatus, -re Varr. sat.; turbare,
ad-, con-, de-, dis-, ex-, inter-, ob-, per-, pro-, sub-per-; *-tur-
mare, con-*; *turundare*; *tutelatus*; tutulatus pr.; uadari, con-
(*uadari* et -tus pass.); *uadare, trans-*; *-uaginare, e-*; 1160 uallare,
circum-, *con-*, ob-, prae- (cf. 543); ualuatus, *-re, e-*; uaporare
p, pA, *e-, prae-*; -uasare, con-, al. *uasatus*; uelare, ad- Verg.,
Lmpr., circum-, *con-*, de-, *ob-, prae-*, re- Ou. et pstt., *sub-*;
uelitari Plt. et pstt., *-re*; uenenare; uent-il-are, *di-*, e-, *re-*;
uentr-ig-are; 1170 uerbenatus Suet.; uerberare, ad- Stat., con-
pA, de-, di-, e-, *ob-*, re- pA, trans-; ucriculatus Col.; uermi-
culari (-tus); *uerm-ig-er-atus*; uerminare, -ri (cf. 1121); uernare;
prae- Pl.; uertebratus Pl.; *uesicare*; -uesperat, ad-, *uesperari*;
1180 uestig-are, e-, in-, *ad-in-*, per-; *uiare, ante-, de-, in-, ob-,
per-, prae-*; uiaticatus, *-ari*; *uictimare*; uictoriatus; uigilare,
ad-, e-, in-, *inter-*, ob-, per-, *prae-*; *uigorare, e- (-tus)*; uillicare,
-ri; uindemiare pA, per-; ui-ol-are, *con-*, ob-; 1190 *uiolatus*;
uirare, e-; uirgatus, uirgulatus Pl.; *uirginari, -re, de-*; uiri-
atus Lucil.; uiscare, *in-*; *uiscellatus*; -uiscerare, *con-*, e-, *in-*;
-uitare, e-; uitiare, con-, e- (Rönsch p. 517), prac-; 1200 uittatus; ulcerare,
ad-, ex-, *in-, prae-, re-, sub-*; umbilicatus Pl.; uml rare, ad-,
in-, ob-, prae- Tac., *sub-, super- ob-*; *uncare*, ad-, in-, *ob-*;
uncinatus; undare, ab-, *ad-*, ex-, *ex-ab-*, in-, *inter-, per-, per-
in-*, red-, *super-ab-* , *super-in-*; undulatus; unguentatus, *-re*;
ungulatus, -re, ex-; urinari, et -re, in-; 1210 uulgare, di-, e-, in-,
per-, *pro-*; uulnerare, con-; *uultuatus*; *uxoratus*; zelare, *prae-*,
et *-ri* (D p. 292), *ad-* [5]).

---

5) Participia perf. passiua si quae a uerbis deponentibus inueniuntur
declinata, ut sunt int. cett. machinatus, mercatus, periclitatus, *praepeculatus*,
precatus, annotare plerumque supersedi. — E deriuatorum ab adiectiuis later-
culo (Z. f. oest. Gymn. 1874, p. 569 sqq.) huc pertrahi poterant: 7 adulterare,
25 amicare, 115 galaticari, 163 graecari, 301 oletare, 317, 382, 416, 24 amethy-
stinatus, 43, 59, 60, 156, 309, 336, 381, 408, fortasse et alia quaedam.

II.

P. Papinii Statii

aliorumque qui temporibus Domitiani
uixerunt poetarum

Valerii Flacci (**b**) *Silii* (**c**) *Martialis* (**d**) *Iuuenalis* (**e**)

apparatus uocabulorum nouicii collatio.

Nouicia dicimus horum, quae per hos nobis primum innotuerunt. **Quae quique** habent *singularia* (h. e. quae ab aliis quoque usurpata esse nondum demonstratum est), *diductis* literis conspicua fecimus. Intermixta paucula quaedam rarioris usus uocabula, quae apud hos poetas, *non* tamen *primos* inueniuntur, minutissimis formis discriminauimus. — Sint haec instar epimetri ad eas potissimum inter supplementatas nostra opella uoces, quibus infra adscriptum uidebis (ind.), h. e. ope indicis p. 1—25 descripti quaerendas. Ceterum plenariam esse hanc nostram, Silianorum praesertim, collectionem, spondere non ausim.

Applau*sus*, us Theb. II, 515 'fractos in uulnere dentes terribili applausu', Firm. m. (A), certatus, us, digestus, us (ind.), distinctus, u, egestus, u (Sen.), natatus, us, precatus, us Th. VIII, 332, Silu. V, 2, 81 al. (ind.), proflatus, u, rotatus, us (3 p. 670, ubi leg.: Stat., Aus., et add.: Ven. u. Mart. I, 13 al.), *sortitus, us meton. q. sors, 10 spumatus, u; — b: ouatus, us; — c: extentus, us, illapsus, us III, 463, Col., Ambr., Cass. Inc. Chr. II, 6;

auxilia*tor* S(ilu.) III, 4, 24 (Quint., Tac., — cf. ind.), frenator (b), populatrix (d), *portitor (q. auriga), praedatrix, precator, S. V, 3, 152, (Com.), reparator „S. IV, 1, 11", Auien. Arat. 166, Ambr. Noe 14, 48, Seru., Ennod. epigr. 607 'uetustorum r., nouorum conditor', Arn. iun. in ps. 60, Cassian., inscr., rotator (ind.), 20 simulatrix, solator (Tib.), sulcator (c, — Lucan.), temerator Ach. I, 601 al., turbatrix, ultricia neutr. pl. (c); — b: gestatrix, memoratrix, mugitor, mutator (Nachtr. p. 42), pulsator (ind.) sociatrix; — d: 30 basiator, celebrator, circulatrix, conturbator (ind.), dormitor, esuritor, fellator, inuitator (Tert. et pstt., ut Zen. II, tr. 38, Aug. Ad Donat. 20, all.), malleator (ind.), masturbator (cf. nr. 342), 40 plorator, ructatrix, salutatrix (e), sciscitator, sititor, sudatrix, tractatrix; — e: carptor (Laeu. ap. Gell.), secutor;

*populari*t a s „S. II, 7, 69 gratum popularitate Magnum“ (Tac., Suet., all.);

b: aspira*men*, 50 l u s t r a m e n; — c: decoramen, meditamen, nutamen; — e: sufflamen (sufflaminare Sen. rh.);

d: bux*etum*, ilicetum; — nit*el a* V, 37, 8;

pumil o, onis (et pumilus 6); — d: 60 anteambulo (Suet.), capo (antt. capus 6), paedico, udo, ucspillo; — e: gobio (antt. gobius 6);

d: bot*ellus*, galericulum (Front. strat. IV, 7, 29, Suet.), lec - ticariola, ofella (e), panariolum, 70 pipinna, sesterti - olum, umbella (e), et ab adi.: putidulus, sellariolus, toga - tulus; — e: bracteola, foruli (Suet.), haedulus, petasunculus (a -so), 80 unciola (ind.), ab adi.: flammeolum s. (adi. Col. p.), improbulus, liuidulus, rubicundulus;

c o m p o s.: biga sing.; — d: bardocucullus, condiscipula, domicoenium, dentiscalpium, 90 summoenium (cf. 159); — e: epirhedium, triscurrium; —

d: bascauda (e), panaca (in lemm.), sandapila (Juu., Suet, sch. Luc. VIII, 736: capulum i. e. sandapilam, gl. Plac. et all. gl.), uerpus (Juu.), macellu*s*, — e: attegia, gibbus s. (q gibber s.), papas, 100 stoi - cida. Graeca, quibus d et e crebro utuntur, omisimus.

declin*is* (cf. 109), deflu*us*, *circumsonus pass. S. V, 1, 91 al., *hiulcus act., prospic*uus*, suadus adi., confraga, orum s. (b, — adi. Lucan.), pactus s.; — b: inclinis; — c: 110 disterminus (pass.); — d: euiratio r V, 41, 1, resolutior;

remea*bilis*, speculabilis, — b: implorabilis, — d: dele - bilis (ind· Ou., cf. ind.), — e: curabilis;

d: *ludia s. (e), — e: *ludius s.;

c: 120 spern*ax* (post Verg. sternax);

d: amict*or - ium* (lemm.), ministratorius (lemm., — ind.), scalptorium (lemm.);

pil*aris*, plantaris a pl. = πέλμα (b), exsequialis Th. VII, 90 al. (Ou. s.); — d: boletar, capillare (adi. pstt.), clancularius, *carnarius, 130 dulciarius adi. XIV, 22 lemm., App., Firm. m. VIII, 11, inscr. (subst. Lampr., Treb.), glabraria, graphiarium (adi.

---

6) Cf. pauo, pauus, — amasius, postt. amasio, — gubernius Laber., guber - nio r., — incubo, r. incubus, — lanius, lanio, — longurius, longurio, — ludius, ludio, — manducus, manduco, — nutricius s., inscr. nutricio, — scorpius, scorpio (et scorofio), — silus, silo, — strabo, strabus (Non.: strabones sunt quos strabos nunc dicimus), strabonus Petr., — centurio, centurionus Fest. epit. „antea“, — curio, curionus, et decurio, decurionus, — epulo, co-epulonus Plt.

Suet.), infantarius, mamillare (lemm.), *minutal (e), *musca-
rium, niuarius (lemm.), ollaris, pinguiarius, 140 quinque-
pedal lemm. (adi. Grom.), trigo|nalis lemm., trinoctialis;

iliceus, *sidereus (q. pulcher) Th. V, 613 's. uultus' al. (b, d,
Lampr.), taxeus (D n. 101); — d: membraneus, *coccina, orum, —
e: collactea s., miscellaneus (Petr. 50), taurea s., galbina, ae s.;

d: cathedralicius, Floralicius, praetoricius, Saturna-
licius; — ficosus (Priap.), pediculosus (ind.); — orcinianus,
summoenianus, (Capellianus, Septicianus..); — 160 Vela-
brensis; — urbicus I, 41, 11, 53, 5;

*senior s. S. III., 3, 43 's. placidissime', 208, — *trinus q. triplex;
— Domitianus adi. S. IV, 3 lemm. (uia), cf. HA p. 76.

compos.: metallifer (c), olorifer Th. IV, 227 cod. Put.,
Claud., peltifer, uaporifer Th. VI, 716 al. (ind.), uotifer,
170 uuifer (b), astrifer (b, d, — sed cf. Nachtr. p. 44), monstrifer Th. IV,
298, X, 796 al. (b, — sed cf. Nachtr. l. l.), astriger, freniger, flammiger
(b, — Nachtr. l. l.), aerisonus (b, c), multisonus Th. VIII, 25 al. (d),
undisonus (b, — sed iam Prop.), fluctiuagus Th. IX, 305 al. (ind., —
et D p. 212), multiuagus Th. I, 499 al. (sed cf. Nchtr. p, 12).., biuertex;
in-abruptus, inadspectus Th. VIII, 241 al., indubitabilis
(Qt.), 180 inexplicitus (d), inlaudabilis, insatiatus, inserenus,
insiccatus, male-fidus Th. VII, 632 'sonipes malefidus in armis',
Sil. XIV, 163 (cf. C p. 26*), prae-cultus (Qt.), praegrauidus,
pro-auitus (c, — Ou.), se-par(b); — b: saxifer, lustrificus, amni-
gena, Soligena, omnituens (Lucr.?), in-temerandus (cf. B n.
44 p. 456); — c: Gradiuicola, uiticola, mitificus, Faunigena, pharetriger, 200 sceptriger, tridentipotens, nubi-
uagus, in-accensus, inamatus, inapertus, indispensatus,
informidatus, inlacerabilis, inproperus, 210 inrestinc-
tus, inuetitus, prae-uetitus, semi-ambustus; — d: cistifer
(?), trifilis, cunilingus (et Priap.), in-euolutus, per-inanis
I, 76, 10, pertricosus, 220 semi-fultus, semitactus (uar. l.),
— e: segnipes, pinnirapus [add. in c: 196* austrifer].

audentius adu. Th. XI, 668, Val. Fl. VI, 681 (-nter Dig.),
insimul, *incompte trnsl. (Boeth. syll. cat. I col. 794 M.); — d:
lasciue.

amicare, famulare S. III, 1, 40 'nec famulare timens', Diom.
(al. Tert.), 230 fulgerare Th. IV, 777, Not. Tir. (fulgerator inscr.),
*laboratus (q. laboriosus) Th. I, 341 (b), *lamentatus pass. (c),
lymphare act. Th. VII, 113 (urbes) al. (b), *obliquare (q. oblique
eloqui) Th. III, 382 (preces) al. (Qt.), solare (Sen. Oed.), crinire
(-tus antt.); — d: canusinatus (Suet.), cerussatus, coccinatus I,
96, 6, V, 35, 2 , entheatus, 240 fasciatus (-ri Capit.), galbi-

natus, lactitare (lac), leucophaeatus, mutoniatus, nauculari, palliolatus, pexatus, piceatus VIII, 59, 4 uar. l., pu-
stulatus, 250 sardonychatus, sistratus, spleniatus; — e:
lubricare, russatus VII, 114, segmentatus, (crisare);

d: cacaturire, coenaturire, nupturire; — e: 260 micturire;

compos.: ab-natare, absilire X, 374, 879 al. (Lucr.), ad-aestu-
are, adcantare, aderrare, adfrangere, adnubilare, adsibilare,
adtremere, aduerberare, 270 aduerrere Th. IV, 203, aduiuere
XII, 424, ante-uolare (c), circum-cumulare, circumpulsare,
con-fremere (c), de-feruĕre Th. III, 314 (cf. efferuĕre VII, 793 al., in-
tuor III, 533), degrassari, delambere, dequeri (b), 280 deserpere,
deuesci, dis-fibulare, e-manere, excursare, exerrare, expauere,
in-glomerare, *infrendere cui, inluctans, 290 inmutescere,
(Qt.), inpeditare (cf. 263, 85, 94), inradiare, inreptare, inru-
buisse, inrugare, inserpere, inseruare (al. Amm.), infremere Ach. II,
181 (Verg. s., Luc. 1, 210, Sil., V. Fl., Juu.), inpallescere (Pers.).., inter-fu-
rere, interlabi (Sil. VI, 18, — cf. Nchtr. p. 49), 300 interligare,
intermicare (b), intermigrare, interplicare, intersonare
(ind.), interuirere (ind.) *interuolare trnsl. (b, — pr. Col.) inter-
nectere (Verg.), intersecare S. III, 5, 9 (Vitr.).., ob-arsisse (-sit), per-
merere, *perfurere c. acc., 310 prae-celerare, praefulgurare (b),
praefurere, praelibare, praesudare, pro-curuare, profrin-
gere, pronectere, re-gemere (ind.), replictus, 320 super-ful-
gere, trans-fumare, transumere (transumptio, -tiuus Qt.); — b: ad-
fremere (c), aduectare (Tac.), *e-nare trans. (c), pro-tonare,
super-fugere (undas), superincendere; — c: circum-sti-
pare, 330 dis-fulminare (N. Tir.), ef-frenare (-tus antt.), in-stri-
dere, inter-struere, prae-formidare (Qt.), praegaudere, sub-
erigere, subnatare, super-in-strepere (cf. 336, 328); — d: per-
nere, perosculari, re-fibulare, — masturbare.

A.

Nominum deriuatiuorum

-tio- (sio), -tor (-sor) et -rix, -tas terminatorum

quaecunque usus Ciceronianus agnoscit laterculi quam plenissimi.

Ea quae non in ipsius quidem M. Tullii scriptis genuinis, sed aut in adscriptis ei dubiis aut in epistulis ad eum aliorum aut in inc. auct. Rhetoricorum ad Herennium libris aut denique in Caesaris commentariis inueniuntur, minusculis literis discriminauimus. Iis uocibus, quas Tullianae esse latinitatis singulis confirmatur locis, adscripsimus: s, — sin eaedem omnino ἅπαξ εἰϱημένα habentur: s. Omnino, si quid annotatum est uoci cursiue scriptum, uox solius censetur Ciceronis. Quamquam ceteroqui nec de rariore nec de crebriore quarumque aut apud Ciceronem aut apud ceteros usu lectoris peritiam necesse habuimus admonere, at eas uidelicet rarioris fere usus deputari, quibus binorum punctulorum adiectione significauimus attestationis aliquid acquisitum esse per nos (indicante indice, qui p. 3 sqq. descriptus est). Iis uocibus, quae apud recc. demum recurrunt, cruciculam praefiximus. Composuimus haec, ut nunc potuimus, speramusque fore, ut, proficiente lexicographia latina cum uniuersali tum Ciceroniana, plurifariam corrigantur. At uel sic ex his, si curatius legantur, aliquantulum addisci poterit et ad rectius iudicandum de linguae latinae per aetates prouentu ac profectu, et ad obiter literis latinis imbutorum circa aestimationem uerborum errores corrigendos.

I.

Abalienatio s. aberratio *ep.* abiectio s (et Ad Her.). abortio s. abrogatio ep. s (et Ad Her.). †abruptio .. abcessio s .. abscisio Ad Her. absolutio. abusio s (et Ad Her.). acceleratio Ad Her. acceptio s .. accessio. acclamatio. accommodatio *bis.* accretio *s.*

†accubitio.. †accuratio s. accusatio. 20 actio. addictio s. ademptio or. de domo s. adeptio (Qt. V, 10, 33. postt.). †adhaesio s.. adhortatio. †adiunctio. administratio. admiratio. admixtio s. admonitio. † admotio s. admurmuratio. adoptatio. adoptio. adulatio. adumbratio s. aduocatio. aedificatio. aegrotatio. 40 aemulatio. aequatio. aestimatio. affectio. affirmatio. aggressio s.. agitatio. †agnatio. agnitio s. alienatio. †allegatio Verr. alleuatio. altercatio. amandatio Pro Rosc. Am. s. ambitio. ambulatio. amissio. †amotio fin. amplificatio. amputatio s.. 60 animaduersio. †animatio Tim. s. annominatio Ad Her. antecessio. anteoccupatio De or. III, 53 (Qt. IX, 1, 31). †anticipatio ($\pi\varrho\acute{o}\lambda\eta\psi\iota\varsigma$) ND bis. apparatio. †apparitio ep. appellatio. appetitio ($\acute{o}\varrho\mu\acute{\eta}$). applicatio. approbatio. appropinquatio. apricatio. aquatio s. aratio. argumentatio. arrisio Ad Her. s. ascensio s. ascriptio s. 80 aspernatio s. †aspersio. aspiratio.. asportatio Verr. s. assectatio. assensio. assentatio. †assessio ep. s.. asseueratio ep. assignatio. assimulatio Ad Her. assumptio. attentio s.. attenuatio Ad Her. attributio ep. aliq. et inu. (SC ap. Frontin. aq. 108 'uti usque eo maneret attributio aquarum', App. mund.). auctio. auditio. †auguratio s. auocatio s. bacchatio Verr. s. (Hyg. f.). 100 †cachinnatio Tusc. (et Ad Her.) s.. cantio s. captatio s. captio. castigatio. cauillatio. cautio. certatio. cessatio. †cessio. circuitio. circummunitio Caes. s. circumscriptio.. circumsessio Verr. s. †circumspectio s. circumuectio *bis.* claudicatio. coaceruatio s.. coagmentatio. cogitatio. 120 cognatio. cognitio. cohortatio. coitio. collacrimatio s. collatio. †collaudatio inu. (et Ad Her.) s.. collectio s. colligatio. collocatio. collusio Verr. s. comissatio. commemoratio. commendatio. commentatio. comminatio s. commiseratio. commissio ep. s.. commoratio. commotio. 140 communicatio. communitio s. commutatio. compactio.. comparatio (parare). comparatio (par). compellatio. †compensatio. compilatio ep. s. complexio. compositio. †compotatio ($\sigma\upsilon\mu\pi\acute{o}\sigma\iota\upsilon\nu$) *bis..* comprehensio. compressio s. †comprobatio s.. †concentio ($\acute{\alpha}\varrho\mu\upsilon\nu\acute{\iota}\alpha$) s. conceptio. concertatio. concessio. conciliatio. 160 concisio s.. concitatio. conclamatio Caes. conclusio. concoenatio ($\sigma\acute{\upsilon}\nu\delta\varepsilon\iota\pi\nu\upsilon\nu$) *bis.* †concretio. concursatio. concursio.. conditio.. condonatio Verr. s. †conductio. conduplicatio Ad Her. †confectio.. confessio. †confictio Rosc. Am. s. confirmatio. confisio s. conflictio. conformatio. confusio. 180 confutatio (Ad Her.).. †conglutinatio.. congregatio. congressio. coniectio. coniugatio ($\sigma\upsilon\check{\zeta}\upsilon\gamma\acute{\iota}\alpha$) s. coniunctio. coniuratio. conquassatio s. conquestio. conquisitio. consalutatio ep. s. conscensio s. conscriptio s.. consecratio. consectatio s.. consectio *bis.* †consecutio. consensio. conser-

uatio. 200 consideratio. consitio *s.* consociatio. consolatio. consortio s. conspiratio. constitutio. constructio. consultatio. † consumptio Tim. (et Ad IIer.) s.. consurrectio ep. (et har. resp.) *s.* contabulatio Caes. contemplatio. contemptio. contentio. † contestatio fr(agm.) s. contignatio Caes. continuatio. contio. † contortio fat. (et Ad IIer.) s.. 220 contractio. † contrectatio s. conturbatio. conuersio. conuictio (conuiuere) ep. (et M. fil. ep.) *s.* † conuocatio p. red. in sen. s. (cf. 416, II, 63, 188). cooptatio. copulatio. correctio. corruptio Tusc. creatio s. cretio. criminatio. † cultio. cunctatio. curatio. damnatio. datio s. † debilitatio s. † debitio. 240 † decertatio s. decessio. † decisio.. declamatio. † declaratio ep. declinatio. † decoloratio s. decuriatio *s.* decursio Brut ep. s. dedicatio dom. (Liu., Sen. dial. X, 20, 5,..). deditio. deductio. defatigatio. defectio. defensio. definitio. † deflagratio. deiectio s. delatio. delectatio. 260 delegatio ep. s. deliberatio. deliratio. deminutio. demissio s. demolitio Verr. (et red. in sen). demonstratio. demutatio rep. (?).. denominatio (Ad Her.).. denuntiatio. depopulatio. deprauatio.. deprecatio. † deprehensio. depulsio. † derelictio s.. deriuatio s. derogatio fr. (et ad Her.) *s.* descriptio. desideratio s. 280 designatio. † despectio fr. s.. desperatio. despicatio fin. *s.* destitutio.. determinatio (Front. Grom., inscr.'. detestatio dom. detractio. † deuitatio ep. s.. deuotio. † dicatio s. dictio. digestio ($\mu\varepsilon\varrho\iota\sigma\mu\acute{o}\varsigma$) s. dignatio s (Liu. Vell., Sen. contr. I, 2, 17, all). digressio. † diiudicatio s.. dilatio. dimensio s. dimicatio. † dimissio.. 300 dinumeratio. direptio. † diribitio s. disceptatio. discessio. † discriptio. disiunctio. dispensatio. disperditio (?) *s.* dispositio. disputatio. disquisitio s (Ad IIer., har. resp.). dissensio. dissimulatio. dissipatio. dissolutio. dissuasio s (et Ad Her.). distinctio. distortio.. distractio. 320 distributio. † disturbatio s. diuinatio. diuisio. dominatio. donatio. dubitatio. editio Planc. educatio. † effectio ($\varkappa\alpha\tau\acute{o}\varrho\vartheta\omega\sigma\iota\varsigma$).. effictio Ad Her. *s.* efflagitatio ep. † effrenatio.. effusio. eiectio ep. (dom. 20).. eiulatio s. elaboratio Ad Her. s.. elatio. electio s. elocutio ($\varphi\varrho\acute{\alpha}\sigma\iota\varsigma$) s. 340 emendatio s. emissio (Plin. XVII, 2, 12, all.). emptio. † enodatio. enumeratio. enuntiatio ($\mathring{\alpha}\xi\acute{\iota}\omega\mu\alpha$) fat. † ereptio Verr. s.. erogatio ep. s. erratio. eruditio. eruptio ep. s.. euersio. euocatio Ad Her. euolutio *s.* † euulsio s.. exactio. † exaedificatio s.. † exaggeratio s. exanimatio. exceptio. 360 excisio dom., har. exclamatio. † excogitatio.. excursio. excusatio. exercitatio. exhalatio s. exhortatio Planc. ep ad Cic. existimatio. exornatio rhet. expeditio diu. (et al. Ad Her.) s. expiatio leg. s (et har.). expilatio *aliq.* (-re Cic., Sall. J. 31, Sen. d. VI, 7, 2, Petr. 22, JCti). explanatio. † expletio s.. explicatio. expolitio. exportatio.

expositio. expostulatio. ³⁸⁰ expugnatio. †expulsio s.. exsecratio.
†exsectio Clu. exspectatio. ‡exspiratio s.. †exstinctio.. extructio.
exsultatio har. exsuperatio Ad Her. exsuscitatio Ib. extenuatio ($\mu\varepsilon\acute{\iota}\omega\sigma\iota\varsigma$) s.
exustio s (Pl. et pstt.) fabricatio. factio. feneratio. festinatio.
fissio s. flagitatio s. flexio. ⁴⁰⁰ fossio. fraudatio. †frequentatio (et Ad Her.).. frumentatio Caes. frustratio Planc. ep. †functio.
†fusio s. geminatio s. †gestio inu. †gloriatio (fin.).. gradatio
(rhet.) s (et Ad Her., all., — al. Vitr., aetatum Aug. in ps. 109, 5). gratificatio.
gratulatio. gubernatio (Sen. et pstt.). habitatio. haesitatio.
† helluatio p. red. sen. hortatio. humatio s.. iactatio. ⁴²⁰ ignoratio.
illusio s.. †illustratio ND et al. ($\dot{\varepsilon}\nu\acute{\alpha}\rho\gamma\varepsilon\iota\alpha$) ap. Qt. imitatio.
imminutio. †immissio s.. † immoderatio s. immolatio diu.
immutatio. impeditio s. †impetratio ep. s.. †implicatio..
imploratio. impressio. † improbatio.. †impugnatio ep. s..
†impulsio. inambulatio Br. (et Ad Her.) s. inapparatio Ad Her. s.
†incensio.. ⁴⁴⁰ inceptio s. incisio (rhet.) *De or.* (al. postt.).
incitatio. inclinatio. †inclusio s.. incursio. †incusatio. indagatio (Vitr. V, 3, 8 'indagationibus uocis scandentis', .5, 1, Gell., Arn. V, 8).
indignatio inu. inductio. infinitio s. infirmatio. infitiatio.
inflammatio trnsl. s, al. har. inflatio s. †inflexio bis. informatio.
infractio s. †ingressio.. †inhibitio ep. s. ⁴⁶⁰ inquisitio. inscriptio.
†insimulatio. insinuatio inu. et Ad Her. (Qt. et pstt.). insitio s.
instauratio har. † instigatio Ad Her. institio s. institutio. instructio s.
† intellectio Ad Her. intentio. †interceptio s. intercessio. interclusio s.. interdictio dom. interfatio s. † interfectio Ad Brut. inter⁻
iectio Ad Her. interitio s (B. Hisp., Vitr., pstt.). ⁴⁸⁰ intermissio. †inter
pellatio. interpositio. interpretatio. interpunctio s. interrogatio. interspiratio s. †introductio ep. s. †inuectio.. inuentio.
inuersio De Or. (et Ad Her.) s. †inuestigatio.. inueteratio s.
inuitatio. iocatio ep. irrigatio. †irrisio. irrogatio s. irruptio.
iteratio. ⁵⁰⁰ itio. iudicatio. iugatio s. †iunctio s.. iurisdictio.
laceratio. †laesio s ($\beta\lambda\acute{\alpha}\psi\iota\varsigma$). † laetatio Caes. lamentatio. †lapidatio. lapsio s. largitio. latio. lauatio ep. s. laudatio. lectio.
legatio. leuatio. libatio har. s. liberatio. ⁵²⁰ licitatio. lignatio Caes.
ligurritio s. locatio. locutio. luctatio. lucubratio. ludificatio s..
lusio. lustratio. machinatio. †maledictio.. mansio. manumissio s.
maturatio Ad Her. s. meditatio. †mensio s.. mentio. meridiatio s.
migratio. ⁵⁴⁰ minatio s. miratio s. miseratio. missio. †mitigatio
(et Ad Her.) s.. moderatio. molitio s. monitio s. motio. multatio s
(bonorum, Amm. XXX, 7, 3, c. gen. subi. inscr., abs. Plin.). munitio. mutatio. mutuatio *aliq.* narratio. natatio s. natio. nauigatio.
†negatio. †neglectio s.. negotiatio ep. s. ⁵⁶⁰ nomenclatio Q. Cic. s.
nominatio. notatio. notio. †nundinatio. †nuntiatio Phil. V.

3, 9 al. obambulatio Ad Her. *s.* † obductio s. † obiectatio Caes.. obiratio ep. *s.* obiurgatio. oblectatio. † obligatio Ad Brut. † obnuntiatio (Arn. II, 67). obrogatio Ad Her. *s.* obscuratio (Vitr. IX, 4, 1, 11, B. Hisp., Sen. NQ VI, 3, 3, Pl., Qt. s.). obsecratio. obseruatio. obsessio (et dom.) s. obstinatio s. 580 † obstructio s. † obtemperatio s.. obtestatio (et dom. et Coel. ep.). obtrectatio. occasio. occatio s. † occisio s (et Ad Her.). occultatio (et Ad Her.). occupatio. occursatio *bis.* † odoratio s. offensio. opinatio. † oppositio inu. s. oppressio s (et dom). oppugnatio. optatio. optio. oratio. osculatio s.. 600 ostentatio. † pacificatio (ep.).. pactio. partitio. pastio s. † patefactio s.. pensio. peractio *s.* † peragratio s.. perceptio (= κατάληψις et al.). percontatio. percursatio *Phil.* † percursio (= ἐπιτροχασμός et al.). percussio. peregrinatio. perfectio. † perfunctio. periclitatio *s.* perlectio ep. *s.* † permansio.. 620 permissio (et Ad Her.). † permixtio s. † permotio.. permutatio. peroratio. perpessio. perpolitio Ad Her. *s.* perpotatio s. persalutatio *s.* perscriptio *aliq.* † persecutio Ad Her. II, 12, 18 Kayser. persuasio inu. (et Ad Her.). pertractatio De or. perturbatio. † peruersio Ad Her. s.. † peruestigatio s.. † peruigilatio s. petitio. placatio.. pollicitatio Asin. Poll. ep. (Ad Her. III, 2, 3, Caes. b. g. III, 26, VI, 11 al., all.). 640 † porrectio s (et ad Her.). possessio. postulatio. potatio fr. potio. praecentio har. praeceptio. praecisio (ἀποσιώπησις) Ad Her., al. Vitr., alii.. † praecursio. praedicatio. praedictio. praefatio Verr. s. † praegressio.. † praemeditatio. praemunitio De or. † praenotio (πρόληψις). praeparatio. praepositio. † praesagitio diu. praescriptio. 660 † praesensio.. † praetermissio.. praeteruectio Verr. *s.* praeuaricatio. precatio. prensatio ep. *s.* prensio Caes. (? Nipp. pressio; — illud al. Varr. et At. Cap.). † priuatio. (fin.).. probatio. † processio s. † procrastinatio s.. procreatio.. procuratio. proditio. productio. profectio. professio. progressio (Qt., Amm., Aug. CD XI, 23, 2, Bo.). prohibitio. † proiectio s. 680 prolapsio s (Suet.? et pstt., ut Ambr. saep., Aug. c. Jul. III, 1, Innoc. pap. ep. 8, 5). prolatio.. † prolusio. † promissio.. † promulgatio (et Coel. ep.).. † pronominatio Ad Her. pronuntiatio. propagatio. propensio *s.* † properatio M. et Q. Cic. ep s.. propositio. propugnatio. † propulsatio ep. s (et Tiro ap. Gell. VI, 3, Amm. XIX, 8, 3 al.). prorogatio. proscriptio. † prouisio s. prouocatio. † publicatio.. pugilatio *s.* pulsatio s (et Ad Her.). 700 purgatio. putatio s. quaestio. ratio. ratiocinatio. recensio s (Suet.). recitatio s (dom. et Ad Her.). † reclamatio s.. reconciliatio. recordatio. rectio *fin.* (inscr.: De-Vit.). † recuperatio *s.* recusatio. redemptio. † redintegratio Ad Her. reditio s. reductio s.. reformidatio *s.* refrigeratio s. refutatio s. 720 reiectio. relatio. † relaxatio.. relegatio R. Am. *s.* relictio.. religatio *s.*

†remansio.. remigatio ep. *s.* remissio. remotio inu. (Ad. Her., Qt V, 10, 66, postt.) †remuneratio. †renouatio. +renuntiatio.. repastinatio s. repetitio s (Ad Her., Qt., al. pstt.). †replicatio s. repraesentatio ep. reprehensio. †repromissio Rosc. com. repudiatio C. Just., Cssd. inst. diu. 1). 740 +respersio.. respiratio. responsio. restinctio *s.* †restipulatio s. restitutio. retardatio s. +retentio. retractatio. reuersio. reuocatio. rogatio. ruminatio ep. s. rusticatio s. +sacrificatio s (cf. D p. 290). saltatio. salutatio. †sanatio Tusc. (Tert. et all. pstt.). sanctio. satio. 760 +satisdatio ep. s. satisfactio ep. sauciatio *s.* scriptio. secessio. secretio *s.* sectio. †sedatio.. seditio. †seductio s. +seiunctio s. †selectio.. separatio. sermocinatio Ad Her. +sessio. significatio. simulatio. sollicitatio. solutio. sortitio. 780 spectatio. spectio s. spoliatio. sponsio. statio. stipatio s. stipulatio. suasio. subactio s. subductio s. subiectio s (et Ad Her.). sublatio s (Qt., pstt., al. 1 s. u., add. Adaman. locc. sanct. III, 2). †subleuatio s.. submissio *aliq.* subscriptio. subsortitio. substructio Mil. subuectio Caes. successio s. suffragatio. 800 sumptio s. superlatio s (et Ad Her.). superstitio. suppeditatio *s.* supplicatio. supplosio. suppressio s. +susceptio (Geil., Ambr., operis Aug. mus. VI, 25, carnis id. in ep. ad Rom. 5, 9, ordinata s. filiorum c. Jul. IV, 7, 38). sustentatio inu. s (Cels. ap. Qt., pstt.). tabulatio Caes. tactio s. taxatio fr. s. temperatio. tentatio ep. s. tergiuersatio. terminatio (Vitr. VII pr. 2 'agendae uitae terminationes', V pr. 1, ib. 4, 2 al., Frontin. Grom. p. 57 Lm. al. et all. Grom., uerbi Prisc., inscr.). testificatio (Pl. ep. V, 1, 13, Nazar. paneg. 32, C. Theod. X, 9, 1 al.). titillatio. titubatio *s* (et AdHer.). toleratio *s.* 820 tractatio. traditio s. traductio. traiectio. transgressio. transitio. translatio. †transmissio (Aug. c. Jul. 2 I, 17, Jul. ap. eund. ib. VI,25,Cssd.). transuectio s. trepidatio s. †tributio s (tr. aequabilis = $\iota\sigma o\nu o\mu\iota\alpha$). trucidatio. †tuitio. uacatio. uastatio. uaticinatio. uectio *s.* †uelificatio ep. s.. uenatio. uenditatio. 840 uenditio. ueneratio s. †uerberatio Qt. Cic. ep. uexatio. uindicatio inu. (Trai. ap. Pl. ep., pstt.). uisceratio s. uisio. †uitatio (et Ad Her.).. uituperatio. unctio s. uociferatio. uolutatio s. uomitio s. usurpatio. uulneratio [7]).

---

7) Cf. alia huius inclinatus ueterum quidem, posteriorum tamen Cicerone auctorum n. 3 p. 24—26 (Celsi), epim. IV (Vitr., Petron., all.), N(achtr.) p. 41 (L. Sen.), 6 n. 8 (Plin.) et al. in nostris symbolis composita. Ea, quorum Quintilianus aut antiquior ceteris aut (id quod s adscripta signauimus) unicus censetur testis, infra scripta sunt: abolitio, allectatio s, annotatio X, 7, 31, apologatio s, assertio, attrectatio, circumlocutio, circumuersio, con-

II.

Accusator. actor. adiunctor ep. *s.* adiutor. adiutrix. †administrator s. admonitor. adulator. aemulator ep. s. aestimator. afflictor *s.* agitator. aleator. altor s et -rix. amator. †amplificator. animaduersor *s.* † antecursor Caes. 20 apparitor. †appellator s. †approbator ep. s.. aquator Caes. arator. †ascriptor l. agr. (et dom., red. in sen.). assectator. assensor ep. s. assentator. assessor s. astipulator. auctor. auditor. auersor *s.* †auscultator s. balneator. bellator et s -rix. bucinator M. fil. s. caelator Verr. 40 calumniator. cantor. cauillator ep. s. cautor s. censor. cessator ep. circulator As. Poll. ep. circumscriptor s (Sen. d. IX, 8, 4, all.). clamator (Mart., Gell., Aug. in ps. 39, 3). coactor. cognitor. collusor.. comissator. commendatrix s. competitor et *s* -rix. compositor. compotor *Phil.* compransor *s.* †comprobator s. 60 conciliatrix. concitator dom. conditor (condere) s. † conditor (condire) red. sen. conductor ep. s. confector. †confirmator s. coniector. conquisitor. consectatrix *s.* conseruator et † s -rix. consolator. consponsor ep. (Fest.). consuasor *s.* consultor et *s* -rix. consumptor s. contemplator s. †contionator s.. 80 conuector ep. s. conuiciator s. conuictor M. fil. ep. s. corrector. corruptor et ep. s -rix. creator. creditor. cultor et s -rix. cunctator Coel. ep. curator. cursor. debitor. decempedator *s.* decessor fr. s. declamator. decoctor. † deductor Q. Cic. defensor et (cit. Prisc.) 100 defenstrix. delenitor *s.* deletrix har. resp. *s.* [8]) †deliberator s. demonstrator s.. †depeculator..

---

flictatio, connexio, consignatio, conuinctio s, dedignatio, depositio, destructio, *directio trnsl., egressio, eleuatio, emancipatio, emutatio s, enarratio, exheredatio, gesticulatio, interlocutio, interruptio, inuocatio, minutio, originatio, praelectio, procursio (et Front. strat. II, 2, 5), redditio, redhibitio, regressio (Fronto, App., Aug. uer. rel. 52, 101, all.), reptatio s, transmutatio, transsumptio (1 s. u.), uacillatio; — praeterea apud eundem exstant in t. cett.: abdicatio (Liu., Pl.), additio (Varr.), allocutio (Catull., Sen.), astipulatio (Pl.), coercitio (Liu., Cels. III, 18, Sen.), exsecutio V, 13, 27 (Sen., Pl.), labefactatio (Pl., C. Theod., Ennod. Euchar p. 428), suspiratio (Pl.), testatio (Liu., pstt.), uersificatio (Col.), ultio V, 13, 6 al. (Sen., al.)..

8) Cf. I nr. 360, 388, 465, 518, 644, aliasque in or. de haruspicum responso uoces, quae a scriptis ὁμολογουμένως Ciceronianis uidentur abesse, ut: circumsepire, illaqueatus, inaedificare, praemonstrare (et Cic. poet.), promonere, fasciola, crocota, psalterium.

depopulator dom. s.. [9]). deprecator. depulsor s. desertor. designator
ep. s. deuersor *s.* dictator. † direptor.. † diribitor In Pis. (et
red. in sen.). disceptator, et † s -rix.. dispensator fr. s. disputa-
tor s.. dissuasor (et Ad Brut. I, 15; Liu., Sen. ep. 108, 7, all.). 120 diuisor.
doctor. dominator et -rix: s. domitor. ductor s. educator, et s
·rix. † effector.. et -rix (1 s. u.). elector (Ad Herenn.).. emendator
et *bis* -rix. emptor. ereptor. euersor. † euocator s.. exactor Caes.
† exagitator s.. excubitor Caes. 140 excursor s (?). existimator
(Gell.). † exornator s.. † expilator ep. s. † explanator s..
explicator *aliq.* et *s* -rix. expugnator. expulsor s et † -trix s..
† exstinctor.. fabricator. fartor s (i. e. Terent. ap. Cic.). fautor et
-rix. fenerator. fictor et *s* -rix. finitor l. agr. † fistulator s.
160 flagitator s. fraudator. fulgurator s. funditor Caes. generator s..
genitor. gladiator. glutinator ep. s. grassator s. gratulator..
gubernator et s -trix. habitator. hortator. ianitor. illicitator
bis (P. Diac.). imitator et -rix. † immolator. imperator et 180 †
s -rix. impulsor. indagatrix s. infector ep. s. infitiator. inqui-
sitor. insidiator. instimulator (dom.). † instructor (red. in sen.).. inter-
cessor. interfector. interpellator. † interuentor s. inuentor et
-rix. inuestigator.. ioculator ep. *s.* irrisor s. † lapidator (dom.)..
largitor. 200 lator. laudator et s -rix. lector. liberator. lictor.
lignator Caes. litigator ep. s (dom. 44 ?). machinator. mercator.
meretrix. messor s. metator. ministrator et *s* -rix. moderator
et -rix. molitor s. monitor. morator s. 220 narrator. natrix.
nauiculator *l. Man.* 5, 11 (?). negotiator. nomenclator. nugator.
nutrix. obiurgator. obsessor dom. obsignator *aliq.* obtrectator.
occultator *s.* olitor ep. † opinator s. † oppressor (Brut. ep.).. op-
pugnator. orator et s -rix. ostentator Ad Her. (Liu., Tac., Aus., Aug. CD
XIV, 18). pabulator Caes. 240 pacificator ep. s. pactor Verr. *s.* pastor.
peculator s. percussor (Sen. d. l, 3, 7 al. et all.). † perditor. per-
ductor s. † peregrinator ep. s.. perfector. perscriptor *s.* pertur-
batrix *s.* petitor. pictor. pignerator s.. piscator s. pistor.
portitor (portus). possessor. praebitor s. praeceptor et 260 s -rix.
praecursor s. praedator s. † praediator s. praedicator. praegusta-
tor dom. (Suet., postt.). praetor. pracuaricator. probator. † procla-

---

9) Cf. 61, 187, 198, 228, 265, 340, I, 22, 249, 286, 360, 475,
aliasque uoces orationis d e d o m o s u a praeter cetera quae Ciceronis
feruntur scripta peculiares, ut: cluuies, foculus, paganus, treme-
bundus (Ad Her.), fratricida, patricida, sororicida, hostiticus,
armiger subst., notatissimus (scelerum.. maculis), spurcatissimus,
complanare, prodicere (diem, — Liu.).

mator s.. †procreator.. et s -rix (Cassian. Inc. C. VII, 5, all.).
procurator et † s -rix. proditor. pronuntiator s.. †propaga-
tor (?) ep. s.. propraetor. propugnator. †prouocator s. 280 pu-
nitor s. quadruplator. quaesitor. quaestor. ratiocinator. recep-
tor s (Tac. et pstt.). †receptrix Verr. (App. mund ,Ambr., Jul. ap. Aug.
c. Jul.² V, 59, [Aug.] Categ. 12, all. ap. De- Vit.). recitator s. rector.
recuperator. redemptor. †relator Balb. ep. ad Cic. s.. reprehensor.
†repressor s. restitutor s. rogator. saltator et s -rix. salutator Q.
Cic. s. sator. 300 scriptor. sectator. sector. †seminator.. se-
nator. seruator. simulator s (et Q. Cic. s.). spectator. specu-
lator et s -rix. spoliator et -rix: s. sponsor. stator. stipator.
structor ep. suasor. subiector *s.* subscriptor. successor. 320 suf-
fragator. sutor s. tector s. temperator s. tonsor s. tortor. tra-
ductor ep. *s.* transactor *s.* translator s. tutor. uector. uenator.
uenditor. ueterator. †uexator. uiator. uictor et -rix. uinitor s.
†uituperator.. 340 ultor (-rix dom.). unctor ep. s. ustor s ¹⁰).

III.

acerbitas. accliuitas Caes. admirabilitas. aduncitas s. aedilitas. aequa-
bilitas. aequalitas. †aequilibritas s.. aequitas. aestas. aetas.
aeternitas. affabilitas s (Petr. 61 'delectatus affabilitate amici',
Cassian.). affinitas. agilitas ep. s. alacritas. ambiguitas. amoe-
nitas. antiquitas. 20 anxietas s. Appietas ep. s. asperitas. assi-
duitas. atrocitas. auctoritas. auiditas. †beatitas s. benignitas.
bonitas. breuitas. caecitas. calamitas. calliditas. capacitas s.
caritas. castitas s. celebritas. celeritas. ciuitas. 40 claritas.
comitas. commoditas. communitas (Nep., sed al.). concinnitas.
crebritas. credulitas Planc. ep. ad Cic. s. crudelitas. cruditas. cupiditas.
†curiositas ep. s. debilitas. decliuitas Caes. deformitas. dicacitas. diffi-
cultas. dignitas. diritas. diuinitas (Vitr. et pstt.). diuturnitas. 60 do-
cilitas. †duritas s.. ebrietas s. ebriositas s.. edacitas. efficacitas (et
Q. Cic.) *s.* egestas. excelsitas s (trnsl., — al. Vitr. IV, 1, 1, Pl.).
exiguitas. exilitas. extremitas. facilitas. facultas. familiaritas.

---

10) Cf. n. 3 nr. 31 sq., epim. V, N p. 42, Erg. III (6) l. l. et al.
Quintilianea (cf. n. 7) sunt: agnitor, altercator, auxiliator, cauil-
latrix s, constitutor, consultator, disputatrix s, elocutrix s, enuntiatrix II, 15, 21, exercitatrix s, iactator, iudicatrix s, literatrix s,
nauigator, rixator, sermocinatrix, uersificator; — assertor (Liu.,
Ou., Sen., Luc. IV, 214, Pl. „XX, 57, 160"...), delator (Liu.),
hortatrix (Pacuu.), latrator (p), uentilator (Col., Aug. in ps. 92,
5 al., all.)..

† fatuitas s. fecunditas. felicitas. feritas. ferocitas. fertilitas s. 80 festiuitas. fidelitas. firmitas. † formositas s. fragilitas. frugalitas. futilitas *s.* gentilitas De or. germanitas s (et har.). gracilitas. granditas s. grauiditas *s.* grauitas. † habilitas s.. hereditas. hilaritas. honestas. hospitalitas s (Mart., pstt.). humanitas. humilitas. 100 ieiunitas. ignobilitas. illiberalitas *bis.* imbecillitas. immanitas. ⟩immaturitas s (Suet.). † immensitas.. immortalitas. immunitas s.. † immutabilitas s.. impietas. impigritas *s.* importunitas. improbitas. impunitas. † impuritas s (HA p. 101). inanitas. incolumitas. incommoditas ep. s. indignitas. 120 infelicitas. infidelitas. ‡infinitas.. infirmitas. ingenuitas. † inhospitalitas Tusc. inhumanitas *saep.* iniquitas. iniucunditas *s.* † innumerabilitas. insanitas Tusc. (et Varr. ap. Non.). insulsitas. integritas. inutilitas inu. (et Lucr.). iucunditas. Juuentas. largitas. latinitas. laxitas. lenitas. 140 Lentulitas *s.* lĕuitas. lēuitas. liberalitas. libertas. longinquitas. loquacitas. magnanimitas s. maiestas. maturitas. † medietas ($\mu\varepsilon\sigma\acute{o}\tau\eta\varsigma$) s. mediocritas. mendicitas. mobilitas. morositas. mortalitas s. † mulierositas ($\varphi\iota\lambda o\gamma\upsilon\nu\acute{\iota}\alpha$) s. † mutabilitas s. † nauitas ep. s. necessitas. 160 nobilitas. nouitas. obscenitas. obscuritas. opportunitas. orbitas. paruitas s. paucitas. paupertas. peregrinitas ep. s. perennitas s. pernicitas s. perpetuitas. perspicacitas ep. *s* (gl.). perspicuitas. peruersitas.. pietas. † placabilitas s. posteritas. potestas. 180 prauitas. probabilitas *aliq.* (cf. 3 s. u.). probitas. procacitas s. proceritas. † proclinitas Tusc. bis (B. Afr.).. propinquitas. proprietas. prosperitas. proteruitas s. pubertas s. qualitas ($\pi o\iota\acute{o}\tau\eta\varsigma$) Ac. rapacitas s. rapiditas Caes. raritas. † riualitas s. sagacitas. salubritas. sanctitas. sanitas. 200 satietas. saturitas s. securitas. sedulitas. serenitas s. seueritas. siccitas. simultas. societas. sodalitas. soliditas. stabilitas. sterilitas. stupiditas s. suauitas. subtilitas. † suburbanitas Verr. s. surditas s. taciturnitas. tarditas. 220 temeritas. tempestas. tempestiuitas s. tenacitas s. teneritas s. tenuitas. timiditas. tranquillitas. uacuitas. uanitas. uarietas. uastitas. ubertas. uelocitas. uenustas. ueritas. uetustas. uicinitas. uiduitas s. uilitas. 240 uirginitas s. uiriditas. † uitiositas.. uniuersitas. uolubilitas. uoluntas. uoluptas. urbanitas. utilitas [11]). — Adde: I, 106* colebratio, II, 187* institor.

---

11) Cf. n. 3 nr. 40 sq., epim. V, N et 6 ll. ll. Quintilianea sunt: ciuilitas, operositas, scurrilitas,⟨supinitas, uocalitas; — austeritas (Pl.), densitas (Col., Pl.), diuersitas X, 1, 106 et aliq. (Pl., all.), pugnacitas (Pl.), rusticitas (Ou., Sen.), sublimitas (Col., Pl.), uiuacitas (Val. Max., Pl.)..

B.

Nominum deriuatiuorum in -**tio** (-sio), -**tor** (-sor) et -rix,
-**tas** eorum quae apud **recc.** demum emergunt (Beitr. II)

subrelicta

e 3 n. 18, 12, 14, — N n. 4, — D n. 87 in unum redacta.

Horum pleraque ipsi adinuenimus uel certe e glossariis descripta addidimus lexicorum copiis. Quae tamen exstant etiam apud De-Vit t. I — V, distr. 49 (uel exinde apud Gg), ea minusculis literis expressa sunt. Numerationem continuauimus, nisi quod eos numeros, qui reiculorum quorundam (N n. 1) fuerant, ad succedanea illis transtulimus.

Abgregatio, 1420 absconditio, absorbitio, accentio, adauctio, addensatio, adescatio, aduolutio, affigatio, afflatio, agonizatio, 1430 allapsio, allutio (et Thom. Thes. p. 302). ambactio, anclatio, angariatio, anxiatio, appensio, appulsio, arrasio, arrectio, 1440 arulatio, asciatio, asponsio, assonatio, attaminatio, auctorizatio, auolatio, auspicatio, belligeratio, blanditio, 1450 bullitio, caballicatio, calumniatio (De-Vit.), capitulatio, cauponatio, circumamictio, circumincisio, coadiutio, coamictio, coarcuatio. 1460 coaugmentatio, colatio, collegiatio, comparticipatio, compensio, compertusio, compescatio. conditio (condere), confertio, confligatio, 1470 consatio (D p. 262), conscitio, consopitio, constabilitio, constipulatio, consutio, contectio, contionatio, conuiciatio, conuolutio, 1480 corrasio, corrosio, corrugatio, creditio, culbitio, cursitatio, deargentatio, deartuatio, deasclatio, deauratio, 1490 debriatio, decerptio, decrastinatio, decrustatio, decuruatio, dedolatio, defamatio, deflammatio, degrassatio, degulatio, 1500 deguttatio, delictio, delinquatio, dementatio, demessio, demitigatio, depelliculatio, depilatio, depunctio, 405 derasio, despoliatio, 1510 desurrectio, deuelatio, deuersio, deustio, digladiatio, disciplinatio, discordatio gl. Hildebr., discoriatio, dislectio, dispansio, 1520 dispensio, dispersio, distorsio, diuaricatio, diuersificatio, diuersio, domitio, dulcoratio, effaecatio, eiectatio, 1530 elapsio, elucidatio, emeritio, emersio, enudatio, enutritio, erasio, eruderatio, erutio, euolatio, 1540 euomitio, exartuatio, exemplatio, exfatigatio, exhereditatio, expectoratio, expetitio, exscissio, 558 exsculptio, extritio, fecundatio, 1550 ferratio, filatio, firmatio, foedatio, foratio, fotio, frenatio, frugiferatio, fugatio, fultio, 1560 fumidatio, glutitio, graecatio, graecissatio schol. Pers. I, 99 (cl. ad 95), grauidatio, guttatio, gyratio, heredatio, hilaratio, hiulcatio Cl. Sacerd. I p. 454 Keil, 1570 hospitatio, humanatio' humidatio, ictio, ictuatio, illapsio, impietatio, implutio, improperatio, impunctio, 1580 inaltatio, inauratio, incestatio, indefinitio, in-determinatio, indissolutio, indusiatio, inebriatio, infensio, ingeminatio, 1590 ingeneratio, ingeniculatio, inhumatio, iniuriatio, iniustificatio, insectio (insecare), insignitio, inspicatio, instimulatio, intermixtio, 1600 internoctatio, interuallatio, inuiscatio, labefactio, laetificatio, lenitio, 788 lẽuigatio, maestificatio, manupositio, maritatio, martyrizatio, 1610 minsatio, mollitio, mulcatio, mulsio, municipatio, nobilitatio, notificatio, nugatio, obblateratio, obditio, 874 oblimatio, 1620 oblinitio, obnubilatio, obolitio App. mund. 8 Hildebr., obrigatio, obsipatio, obtenebratio, obtractatio, 910 obuelatio, onustatio, oppansio, oppigneratio, 1630 oppletio, orditio, palliatio, patrocinatio, pauefactio, peculatio, perhibitio, periuratio, perrectio, pertusio, 1640 praecerptio, praeclaratio, praelapsio, praescissio, praesectio, praesignatio, pransio, principatio, profatio, prolutio, 1650 promixtio, propansio, proreptio, prosecatio, prouolutio, quietatio, quietio, reboatio, rechrismatio, reconditio, 1660 recubitio, recuratio, recuruatio, refertio, refocillatio, reglutinatio, reinterrogatio, reiteratio, remensio, remulcatio, reordinatio, repansio, 1160 repressio (De-Vit?), resudatio, retentatio, retusio, rixatio, rosatio. 1196 sabbatizatio, sagittatio, satiatio, scoriscatio (Rönsch It. p. 468). 1680 scrutinatio gl., sculptio, secatio. seclusio, sepultio, seruitio, similatio, somniatio, sorbillatio, sordidatio, 1690 speratio „Zen. II, tr. 11, 1" (?), spiculatio, subcoriatio, subcuratio, subdefectio, subiectatio, submurmuratio, subrutio, subtectio, succentio Eulog. in somn. Scip. p. 409 Or., 1700 succinctio, suffultio, sulcatio, superlocutio, supertitulatio (uel super-in-), tabificatio, tinnitio, tormentatio, tornatio, transilitio, 1710 transpunctio, tristificatio, trusio, tuditatio, uerecundatio, uesicatio, uictimatio, niduatio, uindemiatio, uiscatio, 1720 uolutio.

II.

Abominator, absorptor, accensor, 1280 accurator, acquisitor, acutor, adaquator, adauctor, addictor, agonator, -izator, allitor, amicator, 1290 anclator, annumerator, antestator, antepraecursor, anteuindemiator, appetitrix, arenator, armiportator, artator, artislator, 1300 arulator, aspirator, assertrix, auceptor uel auicaptor, auctionator, auspicator, beatificator, biuiator, cauponator, centuriator, 1310 coamator, coauditor, cocinator, 201 cogitator, cohortator, colaphizator, colator, colitor, collaudatrix, collitor, comator, 1320 commentatrix, comministrator, 279—commixtrix [12]), comparatrix, compensor, compertitor, compotatrix, compugnator, conclusor, conflictor, 1330 confotor, confusor, congestor, — conglutinatrix, consignator Porph. ad Hor. S. II, 3, 69, constructor, conuersor, conuiator, corrosor, craxator, decerptor, 1340 decimator, decipulator, declamatrix, decollator, deditor, defenerator, deglutitor, degrassator, denominator (et -trix sine test. De-Vit), depelliculator, 1350 deplumator, deportator, derelictor, deriuator, descensor, despectrix, desudator, dictrix, dinumerator, dirutor, 1360 discessor, disciplinator, 518 dispositrix, dissensor, dissignator, dissultor, diuulgator, domicorruptor, dropacator, ductrix, dulcorator, 1370 ebibitor, edecumator, effeminator, elucubrator, elusor, enuntiator, equitator, erutor, exacerbator, exaltatrix, 1380 examinatrix, exanclator, exauctorator, excerptor, excommunicator, excruciator, exoptator, exorsor App. dogm. Pl. I, 5 Hildbr., expolitor, expunctrix, 1390 exsufflator, exsulator, —extenuatrix, 534 fecundator, figuratrix, filator, fissiculator, flagellator, foederator, frictor (?) De-Vit, fundibulator (-alator), 1400 grassatrix, hamator, hauritor, ianuator, ictuator, illitor, impensor, impul(s)ator gl. Hild., indebitor, indutor, 1410 infectrix, inflatrix, informatrix, ingressor, inhibitor, inquisitrix, insanifusor, inscriptor, insibilator, inspiratrix, 1420 interclusor, iocator, irretitor, itinerator, iubilator, iudicator, iugulatrix, iurgator, iurisdoctor, — iutrix, 1430 labefactor, lanciator, lauatrix, limator. linctor, linteator, liticinator, litigatrix, luminator, luxuriatrix, 1440 lymphator, mancipator, maturator, meretricator, minsator, mitigator, multator, mundatrix, mutuator, notator, 1450 nutricator, oblĭtor, oblītor, obsecrator, obtemperator, offractor, parator, partrix, patrocinator, peragrator, 1460 perceptrix, perlitor Thom. p. 301, perlustratrix,

---

12) Obelus praefixus uoci quid sibi uelit, uide in Beitr. II n. 10. Obelum tolle ad nr. 463, ¿ 614, 708, 856, 945. — Ad Beitr. II n. 12 add.: 1310, 11, 21, 6, 7, 36; — ad ib. n. 18: nr. 1286, 96, 1307, 41, 61, 1403, 35, 36, 87, 1502, 7, 12; — ad ib. n. 19: ad 101.. add. 1297, 1303, 66, 1416, 1503, 4, ad 30.. add. 1299, 1428. Ceterum cf. I* p. 5, N n. 1 s. f.

perserutatrix, pertractator, picator, pictrix, —pollutrix, pompator, praecantatrix, [1470] praecantor, praefigurator, praefusor, praepositor, praesagator, praesagitor, praestolator, praetermissor, praeuiator, probellator, [1480] proemptor, prometator, propinatrix, propositor, propulsatrix, [976] proruptor, protelator, prouector, rationator, reaedificator, reboator, [1490] recertator, —refocillatrix, regeneratrix, relatrix, remulcator, resignatrix, restauratrix, restitor, scelerator, sculpator, [1500] secator, sermonator, simissator, solluersor, somniortator (?) gl. $\dot{o}νειροπόλος$, spartor inscr., subrutor, symbolator, tactor, tinctrix, [1510] tolerator, tonsurator, tormentator, triturator, trusor, [1229] tuditator, uelitator, [1516] uerbosator.

III.

[410] Aestiuitas, albeditas, [17] alterplicitas, anteritas i. antiquitas (?), anxiositas, balbitas, bellacitas, bromiditas, causalitas, certitas, coaequalitas, [420] complicitas, conducibilitas, conformitas, congermanitas, conspicacitas, contribulitas, copiositas, [76] degenerositas, [77] detestabilitas, disparitas, egregietas, exanimitas, [430] exsistentitas, fastidiositas, fastuositas, feralitas, feruiditas, fiducialitas, flagitiositas, flebilitas, formabilitas, fumositas, [440] geliditas, gibbositas, glaucitas, gloriositas, gratuitas Tert. cult. fem. II, 8 uar. l., guttositas, horribilitas, horriditas, humiditas, impatibilitas, [450] importuositas, incapabilitas, indocilitas, ingeniositas, iniuriositas, innoxietas, insensualitas, insomnitas schol. Pers. III, 84, inuertibilitas, irrationalitas, [460] irreprehensibilitas, iuuenalitas, laboriositas, lacrimabilitas, lasciuiositas, lepiditas, maculositas, marciditas, meracitas, minacitas, [470] multiformitas, nexuositas, noluntas, nugositas, obaequalitas, officialitas, palpabilitas, pascuositas, pauiditas, pauxillitas, [480] pluuiositas, ponderositas, praegnacitas, proconsularitas, prodiguitas (prodigitas Lucil., schol. Acr. ad Hor. S. II, 3, 28 sq.), puellaritas, pueritas, putiditas, putriditas, rabiositas, [490] reciprocitas, rectitas, renascibilitas, rimositas, rixuositas, ructuositas, rudibilitas, scatebrositas, scelerositas, secularitas, [500] sinuositas, solubilitas, spinositas, spurciditas gl. Hildbr., strumositas, supplicitas, torositas, [381] torriditas, tuberositas, turgiditas, uberositas, [510] undositas, uuiditas [12]).

---

13) Subnotaui eorundem generum uocabula ea, quae **Appulei** Madaurensis ᵃsingularia sunt uel adhuc censentur: Beitr. II, I, nr. 173, 209, 220, 308, 402, 422, 450, 823, 1622, 938, 1049, 1195,

1381, 1396, — II, nr. 39, 51 (App. mund. 15), 198, 216, 234, 266, 299, 359, 427, 440, 457, 521, 592, 769, 799, 897, 930, 1049, 1134, 1150, 1223, 1251, — III, 122, 153, 170, 205, 218, 473, 325, 328 (quadraginta quatuor, non, uti uolebat Kretschmann De latin. Apulei Madaur. p. 36—8 et 45, c. sexaginta septem); — ᵇ quorum idem antiquissimus fere auctor uel testis habetur (quorum quibus uocabulis testimonia aliorum demonstratis a Kretschm. accedunt, si per nos, bina puncta subiecimus, sin apud alios, terna): adiuratio.., alternatio..., benedictio (et Tertull.)..., collurchinatio, commixtio.., disseminatio (et Tert.).., eructatio..., famulatio.., innouatio (et Tert.)..., inordinatio.., iubilatio.., maculatio, mussitatio..., oblatio..., ostensio.., participatio..., passio... (cf. A p. 91), penetratio.., perseueratio.., repertio.., subreptio..., uegetatio.., — abactor.., agitatrix, captatrix (et Tert.), certator (et Gell.), commentator (et Tert.)..., conditrix (et Tert.)..., consiliatrix.., degulator..., dilector (et Tert.).., distributor.., fauisor apol. 93, Jul. Val., Symm. (cit. Hildebr. ad App. l. l., gl.), improbator (et Tert., — Aug. c. Jul.² I, 52), insecutor (et Tert.), insimulator, locutor (et Gell., — Aug. Ciu. D. XIV, 5), lustrator..., mediator (et Tert.), oblectator (et Tert.), ostentatrix..., praecentor..., praestitor..., prohibitor, prospector (et Tert., Vulg.), purgator..., repertrix..., retentor.., serenator, sospitator aliq., triumphator, — crassitas.., exsecrabilitas.., immobilitas..., impossibilitas (et Tert.).., inconcinnitas (et Tert.), incredibilitas, incredulitas, natiuitas (et Tert.)..., nimietas (et Tert.).., parilitas (et Gell., Tert.).., pretiositas.., prolixitas..., religiositas (et Tert.).., scaeuitas (et Gell.), sempiternitas.., summitas (et Tert.).., ualiditas. — **Tertulliani** censentur esse singularia: -**tio** (-sio) nr. 32, 4, 55, 84, 100, 36, 237, 43, 89, 316, 51, 2, 68, 78, 83, 415, 8, 30, 47, 553, 71, 82, 656, 76, 9, 703, 67, 99, 862, 1007, 186, 215, 9, 66, 305, 470, 512, — -**tor** (-sor) uel -rix nr. 9, 24, 41, 7, 9, 50, 63, 72, 9, 91, 5, 6, 127, 8, 80, 5, 213, 7, 52, 62, 5, 75, 309, 32, 5, 41, 54, 64, 8, 72, 5, 83, 4, 7, 426, 38, 52, 61, 2, 508, 18, 24, 35, 64, 7. 70, 7, 637, 72, 9, 711, 31, 70, 815, 67, 8, 900, 9, 15, 25, 7, 59, 79, 81, 97, 1023, 38, 9, 74, 217, 68, 84, 93, 355, 495 (cult. fem. I, 1), — -**tas** nr. 3, 38, 129, 37, 92, 200, 10, 1, 28, 31, 9, 47, 55, 324, 67, 98, 401, 8, 44, 86.

IV

ad 3 n. 9 et D p. 201—3.

Adiectiuorum

in **-osus** exeuntium

collectio.

Separatim ea, quae uett. sunt, et ex aduerso ea, quae recc., descripsimus, utroque ordine per paginas continuato. Eorum, quae recc. sunt, tempora non distinximus, auctores raro demonstrauimus. Inter uett. autem ea, quae ante obitum Oct. Augusti apud solutae orationis scriptores (uel certe apud comicos, modo ne solos illos) inueniuntur, diductis literis conspicua sunt, adiecto, si etiam Ciceronis sunt, c siglo; cetera, nisi quae priscorum, poeticae auctoritatis, denique singulorum quorundam auctorum (inter antiquiores quidem) esse adscriptis pr p (interdum p et pA..), aliis scripturae compendiis significatum est, — p A esse, h. e. post Augustum demum innotescere, scito.

uett.: acerosus Lucil., acinosus, a c t u o s u s *c*, aerosus, aeruginosus, a e r u m n o s u s *c*, aestiuosus, a e s t u o s u s *c*, agrosus (?) Varr., [10] algosus, alsiosusVarr., a l u m i n o s u s, a m b i t i o s u s *c*, angulosus, a n i m o s u s *c*, annosus p, aquosus Cat. r. r., p et pA, araneosus p, a r e n o s u s, [20] argentosus, argillosus Varr., argumentosus (-uosus r.), articulosus, a r t i f i c i o s u s *c*, arundinosus p, assulose, axitiosus pr, b e l l i c o s u s *c*, bellosus pr, [30] beluosus p, bibosus Nig. et Laber., biliosus, b i t u m i n o s u s,

recc.: abominosus, abortitiosus, accidiosus (aced.), acerbositas, aceruosus, acetosus M(ahne misc. latinit. ps II append.), acrimoniosus, actinosus, actiosus, [10] adoriosus, affectiosus (-uo-) Tert., algiosus, alopeciosus, amaricose, amaritosus Garg. Mart., ambagiosus Gell., ambiguosus, amicosus, amorosus, [20] ampullosus th. (cf. p. 2) 143 al., anediosus gl. Hild., anfractuosus, anfragosus, angustiosus, anhelosus, aniculosus, anxiosus, apiciosus, appiosus, [30] aquilosus, arborosus th. 60, arbusculosus, aristosus, armentosus Gell., artuosus, aruinosus, astrosus, aureosus, auriginosus, [40] aurosus, barosus, birrosus th. 79, bulbosus, buxosus, cadauerosus Ter., c a l a m i t o s u s *c*, calcitrosus, calculosus Vitr. II, **3, 1**, all., [40] c a l i g i n o s u s *c,* callosus p et pA, c a p t i o s u s *c*, carbunculosus, c a r i o s u s, carnosus, cartilaginosus, cauernosus, centrosus, c e r e b r o s u s, [50] cerosus, cesposus (?), c i c a t r i c o s u s, citrosus pr, clamosus Ad Her. et pA, cliuosus p, cnephosus pr, coenosus, comosus, compendiosus (al. recc.), [60] c o n f r a g o s u s, consiliosus pr, contentiosus (Pl. ep., App., Tert. res. carn. 34,..), controuersiosus Liu., c o n t u m e l i o s u s *c,* c o p i o s u s *c,* corticosus, c r e t o s u s, c r i m i n o s u s *c,* crustosus, [70] cumminosus, cuniculosus Catull., c u r i o s u s *c,* cymosus, d a m n o s u s, d e s i d i o s u s *c,* detrimentosus Caes., dictiosus Varr., dignitosus, disciplinosus pr, [80] discordiosus Sall., dispendiosus, d o l o s u s *c,* donosus (?) pr, dumosus p, dusmosus pr, e b r i o s u s *c,* elleborosus pr, e x i t i o s u s *c,* fabulosus Hor. et pA, [90] f a c i n e r o s u s *c,* f a c t i o s u s *c,* facundiosus pr, famicosus pr, f a m o s u s *c,* fascinosus Priap., f a s t i d i o s u s *c,* fastosus, febriculosus p et r(ecc.), ficosus, [100] fistulosus pr et pA, f l a g i t i o s u s *c,* f l e x u o s u s *c,* f l u c t u o s u s, foliosus, formicosus, f o r m i d o l o s u s *c,* f o r m o s u s *c,* fragosus (frages) p et p A, fragosus (fragor) p, [110] f r o n d o s u s, f r u c t u o s u s *c,* frutectosus, fruticosus p, f u c o s u s *c,* f u m o s u s *c,*

blandiosus, bombosus, Bonosus, botruosus, bromosus, brucosus, brumosus, [50] bulbosus, bulimomosus, cachinnosus, caerimoniosus, caerulosus, caligosus (cf. uett. 40), calumniqsus, cancellosus, cancrosus, canosus, [60] cantilenosus, capillosus, cap(u)losus M, carcinosus, catarhosus, catenosus, catiliosus (¿ catill-) th. 91 i. gulosus, cauculosus M, cauillosus, cauositas Tert., ceruicosus, [70] cessiosus th. 142, gl. Isid., cetosus, charitosus „inscr. R. Neap. 6902“, et -iosus „ib. 3001“, cibosus th. 123, cincinnosus th. 105, cinerosus App., circulosus M, clamorosus, collapsosus, conleprosus, [80] colubrosus Tert., concordiosus, conglutinosus, conscientiosus M, contagiosus, contaminosus, contemptuosus th. 588, contumiosus th. 288, conuiciosus, coriaginosus, [90] corporosus, crapulosus, crinosus, culcitrosus, culmosus, cupidiosus, cupidinosus M, dactylosus, daemoniosus, deceptiosus, [100] decipulosus th. 179, decorosus, dedecorosus, deformosus (?), deliciosus, delirosus, demorosus, depetigosus, derbiosus, discriminosius, [110] dissidiosus, diuidiose, diuisiosus (diuisio) th. 170, dolorosus, dorsuosus, dubingeniosus, dubiosus Gell., effectuosus, egestosus, -uosus, elephantiosus, [120] epulosus, eremosus, escosus th. 139, excidiosus th. 202, exodiosus, facticiosus, fallaciosus Gell., App., falsosus, famelicosus, familiosus, [130] famulosus, farciminosus, fungosus, furfurosus, furiosus c, generosus c, [120]gibberosus Orbil., glandulosus, glareosus (et Pl. XVII, 4, 31, XXII, 64, 133), glebosus, globosus c, glomerosus, gloriosus c, glutinósus, graminosus, gramiosus (?) pr, [130]grandinosus, granosus, gratiosus c, granedinosus c, gulosus, hederosus p, herbosus pr et p, herniosus Catal. et r, hircosus, hispidosus (?) Catull., [140]humerosus (humeri similis) Col. III, 10, 5 (cf. id. arb 20, 1, 3, 1, Pl. XVII, 24, 105), ieiuniosus pr, ignominiosus c, iliosus, illecebrosus pr et r, imaginosus Catull., impendiosus pr, imperiosus c, importuosus, inambitiosus Ou., [150]incuriosus, industriose pr et r (-us r), infructuosus, ingeniosus c, iniuriosus c, inofficiosus c, inopiosus pr, inotiosus (?), insidiosus c, insomniosus (insomnia) pr, [160]inspeciosus, inuidiosus c, iocinerosus, iocosus c, irreligiosus, iugosus p, iuncosus p, labeosus p, laboriosus c, labosus Lucil., [170]labrosus, lacerto'sus c (-uosus gl.). laciniosus, lacrimosus p, lacticulosus, lacunosus c, lanosus, lanuginosus, lapidosus, latebrosus c, [180]lentiginosus, libidinosus c, licentiosus, lienosus, lignosus, limosus, linguosus, literosus pr, litigiosus c, litorosus, [190]loculosus, lucrosus p et pA,

farinosus, fastigiosus th. 240, fastuosus, fatuosus (fatuus), fauorosus, febricosus, fellosus, fermentosus, [140]fetosus (-uo-), fictiosus, fimbriosus, flabulosus gl. Is. 727, flammosus, floccosus, florosus, fluuiosus, fluxuosus, foedosus th. 244, [150]foeterosus, foetosus, folliculosus, foraminosus Tert., fragorosus (cf. uett. 109), fraudulosus, frigorosus, frontosus, fugitiuosus, fuliginosus, [160]fumicosus th. 241, furcosus, furculosus, fuscosus th. 214,gambosus,Gaudiosus,gemmosus App., geniculosus, gestuosus Gell.,App.,gibbosus(cf.uett.120), [170]gladiosus, gutturosus (-io),guttur(i)nosus th. 252, guttosus th. 255,hircuosusApp. (cf. uett. 138), hirsuticosus th.276,honorosus,humorosus (-er-), hystricosus, iecinerosus et [180]iecorosus (cf. uett. 162), ignitosus, illaboriosus gl. ἀκάματος, illuuiosus, imbecillosus,impedimentosus,impetiginosus,impetigosus(cf.107),impetuosus (-tosus M), improbosus, [190]inactuosus, inaquosus, inartificiosus, incendiosus, incestuosus, incopiosus Tert., indecorosus, indisciplinosus, inebriosus, inflexuosus, [200]infrontuosus (cf. 157), ingloriosus, ingluuiosus, innumerosus, insomniosus (ἐνυπνιώδης), instudiosus, insulosus, intentiosus, intertriginosus, inuirtuosus th. 293, [210]iurgiosus Gell., lacerosus th. 317, lactosus, lactucosus, lamentosus, laminosus, lapillosus, lapsi(n)osus S. S. uers. uet., lapsiuosus gl. ὀλισθηρός, luctuosus *c*, luminosus *c*, lusciosus Varr., luscitiosus Plt. (nuscitiosus Fest.), lutosus, luxuriosus *c*, maculosus *c*, [200] malitiosus *c*, mammosus Varr., manupretiosus pr, marmorosus, medicamentosus Vitr., medullosus, membrosus Priap., mendosus *c*, meticulosus pr et r, monstruosus *c* (-osus), [210] montuosus *c* (-osus), morbosus, mŏrosus *c*, mucosus, muliebrosus pr, mulierosus *c*, muscosus *c*, musculosus, myrtuosus, nauseosus, [220] nebulosus *c*, negotiosus *c*, nemorosus Sall. fr. et p, neruosus *c*, nimbosus p, nitrosus Vitr., niuosus, nodosus p et pA, noxiosus, nubilosus (5 s. u.), [230] numerosus *c* (al. pA), numosus Nig., obliuiosus *c*, obnoxiosus pr, obsequiosus pr, odiosus *c*, officiosus *c*, oleosus, ominosus, onerosus p et pA (Val. Max. VII 1, 2, Plinii), [240] operosus *c*, orbitosus Catal., ostreosus Priap., otiosus *c*, paeminosus Varr., palmosus Verg., paludosus p, pampinosus, pannosus *c*, pecorosus p, [250] pectorosus Priap. et pA, peculiosus pr (et r), pecuniosus *c*, pedicosus pr, pediculosus, percuriosus *c* (cf. 257, 9, 61, 3—5, singularia Ciceronis omnia), perfidiosus *c*, perflagitiosus *c*, periculosus *c*, peringeniosus *c*, [260] periuriosus pr, perluctuosus *c*, perniciosus *c*, perodiosus *c*, perofficiose *c*, perstudiosus *c*,

lasciuiosus, [220] laticosus th. 301, lendicosus, leprosus, libentiose, lipposus, liquaminosus, liuorosus, longinquosus th. 313, ludibriosus, ludicrosus, [230] lumbricosus Gell., lymphosus th. 324, machinosus, malandriosus, maledictiosus, malignosus, maluginosus, maniosus (?), manipulosus th. 367, materiosus, [240] medicosus, mellosus, memoriosus, -rosus, menstruosus th. 350, mentiosus, merosus, miraculose, momentosus, montaniosus, [250] morbidosus th. 367, mordosus, mŏrosus, mortuosus, muccilaginosus, munerosus, murmuriosus, mustuosus, mutulosus, naeniosus, [260] naeuosus th. 382, nasosus th. 375, naufragiosus, -gosus, neruicosus, nexuosus, nidorosus Tert., nominosus, nubigosus, nugosus th. 379, opiniosus, [270] opiosus, opprobriosus, ossosus, -uosus, ostentuosus ozaenosus, pabulosus, panosus, papulosus, parciosus (part- ?) gl. φαῦλος, [280] pascuosus, pecudosus et pecuosus, pendulosus th. 483, percopiosus, performidolosus, pestilentiosus, pestuosus, th. 436, petuosus (?) gl. μύωψ, pinnosus th. 428, gl. Hildbr., [290] pinosus, poenosus, polose, pomposus, populosus App., porriginosus, portentuosus (cf. uett. 279), praegloriosus, praestigiosus Gell. (Arn., auct. Hypognost. IV, 7, 11), praesumptiosus, -uosus, [300] proluuiosus, pruriginosus, pruriosus, pudorosus, puerosus,

pertricosus (?), petrosus, pilo-
sus c, piscosus p, [270]pituito-
sus c, plagosus Hor. (al. App.),
plumbosus, plumosus p, pluuio-
sus, podagrosus pr, polyposus
(Mart.: add. p. 43 l. 8), pomosus p,
ponderosus c, portento-
sus c, [280]portuosus c, prae-
miosus pr, pretiosus c, pro-
brosus c, procellosus Liu. et
pA, prodigiosus Ou. et pstt.,
propudiosus pr et r, pruinosus
Ou. et pA, pulicosus, pumicosus,
[290]pusulosus (et pust- ?), quae-
stuosus c, rabiosus c, race-
mosus, radicosus, radiosus pr,
ramitosus, ramosus, ramulo-
sus, reduuiosus Laeu., [300]reli-
giosus c, repudiosus pr, resi-
nosus, rimosus Vitr. VII, 3, 9
(p), rixosus, robiginosus Plt. et
pstt., rubricosus pr et pA, ruc-
tuosus Cael., rugosus p et pA
(Val. Max. V, 6, ext. 5), ruino-
sus c, [310]sabulosus Vitr. et pA,
salebrosus Ou., Sen. ep. 100, 7
(compositio), all., saliuosus,
saltuosus, saniosus, sarmen-
tosus, saxosus p et pA (-uo-
sus), scabiosus, scaturiginosus,
scelerosus, [320]scopulosus c,
scruposus Plt., Lucr., srupu-
losus c, sebosus, seditio-
sus c, seminosus Priap., sen-
tentiosus c, senticosus pr,
sentinosus pr, septuose pr,
[370]setosus p, siluosus, sinu-
osus p, siticulosus, somni-
culosus c, spatiosus Vitr.,
Ou., pA, speciosus, spino-
sus c, spongiosus, spumosus p,
[340]squamosus p, squarrosus
Lucil., stagnosus (Sil.: add. p.43),

pulposus App., pulsuosus, pu-
tricosus M, putrosus (? et -uosus),
querelosus, [310]querimoniosus,
querulosus, questuosus, rabido-
sus (cf. uett. 292), ramentosus,
ramicosus (cf. uett. 296), ranco-
rosus, refrigeriosus, -rosus, re-
linquosus Non., renosus, [320]rici-
nosus, ridiculosus, rigorosus?, ri-
uosus, roborosus, rubicundosus,
ruderosus th. 276, ruginosus
(cf. uett. 308), sanguinosus, sa-
porosus, [330]sarcinosus App., sca-
brosus, scandalosus, scapulosus
th. 534, scatebrosus, scintillosus,
th. 515 al., segniculose th. 56, sen-
suosus, th.515 al., sentosus, -uosus,
[340]seriosus M, siderosus, silentio-
sus App., singultuosus, sobriosus
gl. Dfbch, solatiosus M, somniosus
somnosus, sonorosus, spelunco-
sus, [350]spicosus, staturosus, ste-
riosus, stigmatosus (cf. uett.
344), stimulosus, stipendiosus,
stipidosus, stranguriosus, stri-
dosus th. 544 al., strophosus,
[360]subdolosus, subscruposns,

stercorosus Cat., Col., stigmo-
sus, s t o m a c h o s u s c, strigo-
sus c, strumosus, s t u d i o-
s u s c, stuprosus, [350]submoro-
sus et subodiosus c (sed s.),
sucosus, suffraginosus, sulfuro-
sus Vitr., s u m p t u o s u s c, su-
perciliosus, s u p e r s t i t i o s u s c,
surculosus, suspendiosus, [360]s u-
s p i c i o s u s c, suspiriosus, sy-
cophantiose Plt., t e n e b r i c o-
s u s c, tenebrosus p et r, ter-
rosus Vitr., thymosus, tineosus,
t o r m i n o s u s c, torosus p et
pA, [370]t o r t u o s u s c, tubero-
sus Varr., tumulosus Sall., t u-
m u l t u o s u s c, uacerrosus Aug.
ap. Suet., u a d o s u s, uaricosus
Pomp., Lucil., pstt., uenosus,
u e n t o s u s c, uentriosus Plt.,
Pl., [380]u e r b o s u s c, uermino-
sus, -miosus, u e r r u c o s u s,
u e r t i c o s u s, uertiginosus, u e-
t e r n o s u s, uictoriosus Cato
et r (ut Aug. in Gal. 20), uillo-
sus Verg. et pA, u i n o s u s,
[390]uirosus (uir) pr, u i r o s u s
(uirus), u i t i o s u s c, ulcerosus
Hor. et pA, uliginosus Varr. et
pstt., u m b r o s u s c, undosus
p et r, unguinosus, uoraginosus
B. Hisp., u u l t u o s u s c.

sudosus th. 542, superficiosus,
supergloriosus, susurriosus, su-
telose, tabidosus et tabiosus
Tert., taediosus, tegnosus (i. e.
technosus) th. 574 al., [370]teme-
riosus gl. Hild., tempestuosus,
tenerositas, terribulosus th. 592
al., timorosus th. 587, titillosus M,
tofosus, tormentuosus, tractuo-
sus, tribulosus, [380]tricosus, tu-
midosus, tumorosus, tunicosus
th. 142, tussiculosus, uallosus th.
625, uaporosus App., uberosus,
ubertuosus, uecordiosus th. 328,
[390]uellerosus th. 619, uenenosus,
uenerosus M, uentricosus schol.
Pers. III, 31, uentriculosus, uen-
trosus, uepricosus th. 240, uer-
berosus M|, uermiculosus, ucrno-
nosus M, [400]uerosus M, uesicosus
th. 293, uesiculosus, ueterosus
th. 602, uigorosus, uirgosus,
uiriosus App., Tert., uirtuosus,
uiscosus, uitrosus, [410]uluosus,
uoluminosus, uoluptuosus, uo-
micosus, uorticulosus, uulca-
nosus, uulgosus th. 617, uulne-
rosus ib. 620.

Corrigendorum

in: **Nachträge** zu 'Beitr. z. lat. Lexicogr. etc. III'
(Nachtr. p. 51).

Subrelicta.

Pag. 25 add.: p. 624 l. 8 scr. *graeco,* — ad p. 670 l. 3 ab i.
cf. Anhang p. 41.
— — n. 4 l. 9 scr.: 1490.
— 27 ind.: 50* *argumentatiuus* (7 s. u.),
— 33 l. 13 ab i. scr.: imitabilis (act. Vitr.),
— 37 l. 1 scr.: reparabilis (act. Pers.),
— 39 scr.: mensatim r.,
— 40 ind.: 389* uinctim r. (Eulog. in Cic. Somn. Scip. p. 411 Orelli),
— — l. 21 scr.: 404.. CCLI
— 41 sqq. (in epim. IV) add.: 13* alucinatio, — 14* conatio, —
45* enarratio, — 96* efflatus, us, — 115* imputator, 116* [hu-
mator, — 123* editor], — (p 42, l. 12) 147* uocator, — 319* uir-
guncula, — ad 339 monstrifer..: Stat. Theb. I, 453, —
346* [inustus, — 359* inmaculatus, — 364* confragus], — 403* fa-
tuari, — 413* focillare, — 444* conleuare, 462* insaepire (a),
— 464* infulcire (c), — 471* oblatrare (c), — 489* subnotare,
— contra d e l. 136 litigator (cf. Anhang p. 52), 124 (coll.
D p. 314), cedentque loco et alia coll. uocibus Vitruuia-
nis aliorumque anteriorum Seneca, quae composituri sumus.
— 41 l. 29 scr.: *occursio*
— 44 l. 7 scr.: *demin.*
— 45 sq. in n. 11 subind.: deceptor (1 s. u.), donator (ICti),
.. c coniugalis Thyest. 1107, Col., all.
— 46 l. 20 del. irreuocatus (habet enim Stat. Theb. VII, 773 al.)
— 47 in n. 13 l. 13 add.: congradus, — ib. l. 19: superquatere
— 50 n. 14 l. 13 add.: exspumare „VI, 7, 8".
— — l. 22 scr.: su*b*ind.

Corrigenda

et

Addenda

in **hoce** libello.

Pag. 2 l. 1 sq. scr.: Nachtrag II zu 'Erg. z. lat. Lex. I' (Zeit-
schrift f. oesterr. Gymnas. 1874, p. 565—76)   4**
— 2 post l. 5 add.: Addendorum ad 'Ergänzungen z. latein.
Lexicon I—III' Subrelicta (I), prodita in: Zeitschr. f.
oesterr. Gymnas. 1875   7, et
De latinitate scriptorum historiae Augustae meletemata ad
apparatum uocabulorum spectantia, Dorpati 1870   H A.

Pag. 3 ad: adeptio 1 et 1* add.: et **a** (h. e. in hoce libello) p. 46.
— — ad: adhaesio scr.: 1, 1* et 3.
— — ad: affabilitas add.: et **a** p. 53.
— — ad: *alienatio.. add.: cf. **a** n. 3.
— — ad: alligatio.. 3 add.: (etiam Hyg. PA II, 15).
— 5 ad: circumlatio 2 add.: et 4**.
— — ad: coadiutor scr.: D p. 313.
— — ad: coaedificare 3 add.: Fauon. Eulog. in Cic. Somn. Scip.
    p. 403 Orelli (Ciceron. Scholiastae ps. I), Vulg.
— — ad: cogitabundus A p. 104 add.: et 7 s. u.
— 6 ad: compilare 3 add.: Petr. 62 'copo compilatus', — ib.
    ad 'al. 2': Acr. ad Hor. AP pr. 'materiam inordinatam
    sensu compilatamque uerbis'.
— — ad concrematio add.: Hilar. in Matth. 2, 4.
— — ad: confractio 2 add.: Hilar. in ps. 2, 38 et 41.
— — ad: congregabilis 3 add.: Eulog. l. l. p. 402.
— — ad: *conscriptio.. 614 add.: Vitr. V pr. 3 'eos (cybos
    CCXVI uersuum) non plus tres in una conscriptione opor-
    tere esse, ib. 2. al.
— — l. paenult. scr.: consumptio.. consumptrix
— 7 l. 1 scr.: (ind.)
— — ad: cribrare add.: et Pers. sat. III, 112.
— — ad: cubicularis.. add: et Val. Max. IX, 13, ext. 4.
— — ad: *defectio A p. 19 add.: et 7 s. u.
— 8 ad: demutatio 3 add.: Hilar. et in ps. 2, 18 et 41, in 51,
    22, 23 et saep.
— — ad: *denominatio add.: D (p. 268) et 7 s. u.
— — l. 23 scr.: diaiteon.
— — l. 24 scr.: dictor 4.
— — ad: dilatatio.. add.: et 4**.
— — ad: disparilitas 3 add.: et 7 ann.
— 9 l. 12 ind.: dissimulanter Cic., Ou. A. Am. I, 488, her. 19,
    130, Val. Max. V, 7, ext. 1 al., Suet. Tib. 21 al., recc.
— — ad: effectio 1 et 3.. add.: et 7 ann.
— — ad: eneruis p. 44 add.: et D p. 314.
— — ad: enuntiatrix 2 add.: et **a** n. 10.
— — l. ult. scr.: excidio.
— 10 l. 3. scr.: excubitus, us..
— — l. — add.: excusatior D p. 314.
— — l. 5 scr.: exercitator
— — l. 12 scr.: iun.
— — l. 13 ad explicabilis .. add.: et Mela I, 56 Parthey, — et
    ad: exploratio 3: et 5.
— — ad: *expressio.. 3 add.: et Acr. ad Hor. A P 320 'quod
    fabula opportunitate personarum inductarum et expressione
    morum.. placet'.
— — ad: exprobrator 1.. add.: et D p. 314.
— — ad: exspoliatio add.: (et Acr. ad Hor. S. I, 4, 94).
— — l. 23 add.: extemporalis D. p. 314.
— 11 ad: *fluctuatio 3 add.: et Val. Max. VII, 4, 5.
— — l. 6 ind.: fornicatrix 4.
— — l. 11 scr.: frixura D p. 313.
— — l. 16 add.: * fundamenta D p. 314.
— — ad: gloriatio 1 et 3 add.: Hilar. in ps. 2, 25 al.

Pag. 11 l. 28 sq. ind.: granatus **D** p. 313.. grandifer Cic., Col. IX, 4, 3 'grandifera robora', recc.

— 12 ad: imperspicabilis add.: Hilar. et in ps. 9, 2 al.

— 13 ad: inconuenienter.. al) add.: et M. Claud. Sacerd. I p. 453 Keil.

— — ad: inde est quod *d* (ind.) add.: Sen. contr. IV pr. 2 'inde est, quod Labienus.. dicit'.

— — ad: infestatio 3.. add.: et 7 s. u.

— 14 ad: instabilitas.. add.: et schol. Pers. III, 115.

— — l. 11 post 'trnsl.' ind.: Val. Max. VI, 8, 4,

— — ad: interceptio 3 add.: et Hilar. in ps. 51, 18.

— 15 ad: laetabundus 3 add.: et 7.

— — ad: *literatura add.: cf. 7 ind. (h. e. in indice uocabulorum ad 4, 4*, 4**, 5, 6, 7) s. u.

— — ad: medietas add.: 7 s. u.

— 16 ad.: mordacitas.. add.: 7 ann.

— — ad: motare 3 add.: et Auien. Ar. 91, Adam. locc. sanct. III, 4.

— 17 ad: obiectatio 3 add.: et schol. Pers. I, 40.

— — ad: occaecatio 1 add.: et schol Pers. VI, 26.

— — ad.: opinatus adi. 3 add.: Acr. ad Hor. S. II, 3, 161, ad AP 301 et 345.

— — ad: perdurus 3 add.: et 7 ann.

— — l. ult. et sq. scr.: *perfusio D p. 307 et a n. 3.

— 18 l. 8 ind.: persanare D p. 314.

— — ad pilula 1 cf. D p. 314.

— — ad placabilitas 1 add.: Hilar. in ps. 2, 17 al.

— 19 l. 4 ind.: praegustare D p. 314.

— — ad: praesignare 1 et 3.. add.: et 7 ann.

— — ad: procursio 1 add.: cf. a n. 7.

— — ad: professor p. 42 add.: cf. a p. 26, add. Val. Max. VIII, 12, 1.

— — ad: pronuntiatiue 2 add.: et schol. Pers. III, 52.

— 20 ad: quinquepartitus 3 add.: et 7 ann.

— — ad: refectio p. 41.. add.: Vitr. I pr. 2 'tormentorum refectionem' al., Val. Max. IX, 3, 8,

— — ad: regerminare 1 add.: et Calp. ecl. 4, 111.

— 21 l. 5 scr.: 4 (propr. et Acr. ad Hor. S. I, 7, 29 sq., trnsl. q. reprobatio, reiectio Jul. Vict. rhet. 2, C. Aur.,

— — ad: ridiculosus.. add.: schol. Pers. I, 121.

— — l. 18 ind.: rosidus 1.

— — l. 22 scr.: sacrificatio..

— — ad: salacitas.. add.: Col. VIII, 2, 13.

— 22 ad: sideralis 1.. add.: „Hyg. f. 14."

— — ad: stabiliter 1 add.: et 7 ann.

— — ad: *sublatio 1 add.: et a p. 50.

— — ad: submurmurare 3 add.: schol. Pers. III, 90 'succinis, i. e. submurmuras', id. ad V, 12.

— — ad: subsannatio *a* add.: Hilar. in ps. 2, 12.

— 23 l. 8 scr.: (300)

— 24 ad: transfluere.. p. 283) add.: cf. 7 ann.

— 25 l. 5 ab i. scr.: infl.

— 26 ind.: 72* uenula

— 27 l. 1 ind.: 83* uarus s. (Pl.), 83** aurata (piscis, — all. pA), — l. 3: oculata (Pl.),

Pag. 27 l. 4 scr.: [91] resinatus..; incomprehensibilis (Sen., all.);
— — l. 10 sq. del. calculosus.. al. all. (cf. a p. 61).
— — l. 20 ind.: [115] murtaceus, — et l. 21 del. albidus etc. (exstat enim iam Vitr. II, 3, 1).
— 28 ind.: [177'] singultire „V, 26, 19⁴", Col., Pl., all., — [190'] incerare (Juu., all.), — [203'] superiacere (3 s. u.), [203''] superincīdere,
— 29 l. 6 scr.: 4** p. 569—76:
— 30 add.: [90'] aucupari, -re;
— 31 l. 4 scr.: calcare (calicatus Fest. epit. p. 47 et 59),
— — l. 4 ab i. scr.: coenare, con-, *in-;*
— 32 l. 8 ind.: (et recordare). Nempe non id egeram, ut omnem huiusmodi uerborum denom. per genera uariantiam annotarem; quaedam tamen e praetermissis nunc uisum est hic subinferre.
— — ad dominari add.: (et pass.)
— 33 l. 1 add.: *coexulare*;
— — ad fabulari add.: (-re)
— — l. 16 ind.: [409'] fimbriatus pA;
— — l. 8 ab i. scr.: fumare,
— — l. 5 ab i. scr.: furari (*-re*)
— 34 l. 18 ad hospitari.. add.:, *hospitare;*
— — l. 20 add.:, *iaculare* (-tus pass. Lucan.), e-;
— — l. 35 ad iurgare.. add.:, et iurgari Hor. S. II, 2, 100;
— — l. 42 ind.: [567'] -laminare, di-
— 35 l. 3 add.: et latrocina*re*
— — l. 8 scr.: limare (limus), in-, ob-
— — l. 23 add.: commalleare Frontin.;
— — l. 39 scr.: e- (pass. Amm.),
— — l. 4 ab i. add.: *contra-* (militare),
— — l. antepaen. ind.: [677'] minari, con-, inter-, *-re*, con-, inter- (tus), *pro-*, min-it-ari, -re; — et l. paenult.: *modulare* (-tus);
— 36 l. 7 ind.: (et communicari)
— 38 l. 28 scr.: scrutare, *ex-* (Rönsch It. p. 192), per-;
— 41 l. 18 ind.: (proflatu erat etiam Col. V, 9, 7, sed Schneid. perflatu scr.)
— — l. 21 add.: — *d*: reatus, us;
— — l. 23 sq. scr.: precator S. V, 3, 152 (Com.)
— — l. 29 scr.: (ind.), — et 31 ind.: gestator,
— 42 l. 1 scr.: (Quint. V, 9, 13, Tac.,
— — ad l. 7 sq.: ut nunc uideo, gobio iam Col. VIII, 17, 14 legitur.
— 43 l. 3 add.: *e* uelarium (al. schol. Pers. V, 126).
— — l. 6 del. 'miscellaneus' (iam Petr. 50), et l. 8 add.: polyposus;
— — l. 26 sq. del.: Faunigena (est enim Ouid. Met. XIV, 449).
— — l. 11 ab i. add.: collactea
— 44 l. 5 scr.: micturire (exstat enim et schol. Pers. I, 112);
— 46 ad l. 22 u. p. 54 l. 6 ab i.
— 47 l. 1 scr.: confisio s (Hilar. in ps. 124, 7).. consitio s.
— 48 ind.: [461*] insectatio Br. in Cic. ep., — et scr.: inuectio.. (habet enim iam Col. XII, 25, 1).
— 48 extr. scr.: V,

Pag. 50 n. 7 l. 2 sq. sq. scr.: (Celsi), Meletem. lexistor. specim. p. 1 sqq. (Vitr., Colum., Petron., Suet., all.),
— 51 ind.: 8* aedificator.
— 52 l. 1 scr.: † depulsor, et l. 18 suppl. e p. 54 l. 6 ab i.
— 53 l. 10 ind.: et seruatrix s.
— 56 ind.: 1676* rumigatio (Rönsch Itala ed. 2: a p p e n d i x)
— 57 ind.: (1517) emundator (Hilar. in ps. 118, lit. 16, 1: uniuersis doctor et emundator et iudex),.. (1518) mercatrix (Hilar. in ps. 118, l. 14, 4: beatae uirgines illae et utiles olei mercatrices),
— 58 l. 14 ind.: 416* cohereditas Hilar. in ps. 9, 4, in Matth. 31, 8, — 426* decoritas (Rönsch It.: a p p e n d.)
— 66 post l. 8 add.: 71* *coinnascibilis,*—106* *conformabilis.*
— 29 l. 4 ab i. scr.: *inter-*; aggerare,
— 42 l. 9 ind.: buccella.

Dorpati, m. Dec. 1874.   C. P.

Typis H. Laakmanni.